D1391903

Openbare Bibliotheek
Osdorp
Osdorpplein 16
1068 EL Amsterdam
Tel.: 610.74.54
www.oba.nl

afgeschreven

Het verdwenen verhaal

HET VERDWENEN VERHAAL

BIES VAN EDE

Openbare Bibliotheek
Osdorp
Osdorpplein 16
1068 EL Amsterdam
Tel.: 610.74.54
www.oba.nl

Pimento / Teleac

www.pimentokinderboeken.nl
www.biesvanede.nl
www.schooltv.nl

Tekst © 2009 Bies van Ede
© 2009 Bies van Ede en Pimento, Amsterdam
© Teleac, licentie uitgegeven door Teleac, Hilversum.
Omslagbeeld © Teleac
Omslagontwerp Mariska Cock
Opmaak binnenwerk CeevanWee, Amsterdam

ISBN 978 90 499 2381 5
NUR 282

Pimento is een imprint van FMB uitgevers,
onderdeel van Foreign Media Group

Het was rustig op straat. Na een mooie dag zat iedereen binnen. In de huiskamer keken mensen tv. In slaapkamers zaten kinderen achter hun computer. Jochum speelde online een game. Worlds of Total War heette het spelletje en Jochum was er goed in. YOU WIN, riepen grote letters op de monitor. WELKOM IN HET LAATSTE LEVEL!

Beneden zat zijn zusje Sanne aan tafel achter de laptop. Ze probeerde een mp3'tje te downloaden. Het had haar de hele middag gekost om het liedje te vinden en ze kon niet wachten om het dadelijk af te spelen.

Bij de buren was Sannes klasgenoot Bram op zijn kamer bezig een e-mailtje te versturen. Als hij naar buiten keek, kon Bram Glenn en zijn moeder tv zien kijken. Ik moet Glenn zo even msn'en, dacht Bram. Gezellig.

Heel ergens anders, in het gebouw van de Tweede Kamer in Den Haag, was minister Woudseinde aan een belangrijk geheim stuk bezig. Ingewikkelde zaken waar hij goed zijn hoofd bij moest houden. Maar gelukkig was hij bijna klaar. Nog een paar zinnetjes en hij kon de stukken *versturen. Hij liet zijn vingers over de toetsen gaan. Met zijn muis klikte hij het knopje* Verzenden *aan. Tevreden leunde hij achterover.*

Op dat moment viel de stroom uit.

I

Het eerste wat groep acht op maandagochtend deed, was kijken naar de speciale uitzending van het SchoolTV-weekjournaal. De stroomuitval van eergisteren kwam uitgebreid aan bod. Ze hadden er al met z'n allen op het plein over gepraat. Maar in de klas was het nog geen onderwerp voor de kring geweest.

Natuurlijk gebeurde het vaker dat er even geen stroom was. Maar deze keer was het anders geweest. Er waren computers stukgegaan toen de stroom uitviel. De harde schijven waar alle gegevens op stonden waren gewist. Weg familiefoto's, weg vakantiefilmpjes. Liedjes foetsie, e-mails, spelletjes, adressen, alles.

De kinderen waren extra stil toen er opeens een bekende naam viel: Paul van Loon. Het gezicht met de zonnebril kwam in beeld. De schrijver van griezelboeken was een boek kwijtgeraakt.

De Griezelbus 10, het boek waar zoveel kinderen zo lang op hadden gewacht, was verdwenen. Net toen de schrijver het verstuurde, viel de stroom uit.

'Ik heb zes jaar aan het boek gewerkt,' vertelde hij

treurig. 'En nu is het verdwenen op internet.'

'Kunt u het boek niet opnieuw schrijven?' vroeg de verslaggever.

De schrijver schudde zijn hoofd. 'Dat lukt nooit. Als ik opnieuw begin wordt het een ander boek.'

Toen ze na de uitzending in de kring zaten, zei Sanne: 'Mijn broer is al zijn gamelevels kwijt. Hij is al het hele weekeinde bezig om ze terug te krijgen, maar het lukt niet.'

Bram stak zijn vinger op. 'Het is toch raar, juf? Dat met die harde schijven?'

Glenn, die naast hem zat, knikte heftig. 'Ja, juf. Als de stroom terugkomt, doet een harde schijf het gewoon weer. Hij kan niet gewist worden door een stroomuitval.'

'Is dat zo jongens?' vroeg de juf. In de kring werd geknikt. Zoveel wisten de kinderen wel van computers.

'Ja, maar als je online spelletjes speelt, worden je punten opgeslagen op een server,' zei Bram. 'En niet op je eigen computer.'

De juf hief haar handen in de lucht. 'Jongens! We staan niet in de computerwinkel. Al die vaktermen! Je moet dit even uitleggen, Bram.'

Bram en Glenn keken elkaar aan. Ze wisten wel wat ze bedoelden maar het uitleggen, was weer iets heel anders. Glenn legde een hand op zijn buik. De pijn die daar al een hele tijd zeurde werd een beetje erger. Zou hij ziek zijn?

'Eh...' zei Bram. 'Eh, internet, dat is... Het zijn computers die met elkaar bellen. De computers praten met elkaar. Net als bij een telefoongesprek. Maar als je iemand opbelt, praat je met z'n tweeën. Op internet kun je met heel veel computers tegelijk praten. Of je kunt programma's gebruiken die op andere computers staan. Of spelletjes.'

'Ja,' vulde Glenn aan. 'En servers zijn verzamelcomputers. Als je iets wilt weten, gaat dat eerst naar de server en die stuurt het naar de computer waar het antwoord op staat.'

De juf zuchtte. 'Ik vind het mooi uitgelegd, jongens. Wat een ingewikkelde toestand is het toch. En je ziet, als het misgaat, gaat het ook góéd mis.'

Er werd instemmend gemompeld. 'Bij mijn vader is de harde schijf ook stuk,' zei iemand.

'Mijn broer zegt dat er misschien ook wel servers kapot zijn gegaan door de stroomuitval,' zei Sanne. 'En dan raakt het hele internet in de war. Arme Paul van Loon,' verzuchtte ze. 'En arme wij. Nu kunnen we nooit meer *De Griezelbus 10* lezen!'

Om twaalf uur wachtten Sanne, Glenn en Bram bij het fietsenhok. Jasmijn, Brams kleine zusje, was zó trots dat ze zonder zijwieltjes kon fietsen, dat ze het kleine stukje naar school alleen nog maar fietsend wilde doen.

'Schiet nou op,' zei Bram ongeduldig, omdat het zo lang duurde voordat Jasmijn het slot open had. Toen ze de fiets eindelijk uit het rek trok, begonnen Bram, Glenn en Sanne te lopen. Jasmijn kwam hen achterna. Haar achterwiel piepte.

'Pf,' zuchtte Bram. 'Fietsend is ze nog langzamer dan lopend.'

Glenn grinnikte. Hij keek naar Sanne, die er in haar zomerjurk erg leuk uitzag. Niks over zeggen, dacht hij. Anders gaat ze er wat van denken.

'Ik vind het toch raar dat een heel boek weg is,' zei Bram.

Sanne knikte. '*De Griezelbus 10...*'

'Zielig voor je,' zei Bram. Sanne zuchtte spijtig. Iedereen in de klas wist dat ze een enorme *Griezelbus*-fan was.

'Bram is op Sanne,' riep Jasmijn achter hen. 'Dat weet ik lekker.'

Glenn grinnikte en Bram kreeg een kleur, maar hij zei niets.

'Maar hij durft geen verkering te vragen!'

Sanne en Glenn deden of ze niets hoorden, maar Bram draaide zich nijdig naar zijn zusje om. 'Hou je mond nou eens een keer!'

Hij stak over. Jasmijn reed zwabberend van de stoep af.

'Doei!' riep hij naar Sanne en Glenn, toen hij de tuin van zijn huis in ging. En tegen zijn zusje siste hij: 'Jou krijg ik nog wel.'

'Maar het is toch wáár!' protesteerde Jasmijn.

Ook Sanne en Glenn gingen over het tuinpad hun eigen huis in.

Glenns moeder stond bij het aanrecht met een hele batterij schoonmaakmiddelen. In de gootsteen lag een dweil.

'Hai schat,' zei ze. 'Hoe was het op school?'

Glenn knikte. 'Goed, ik heb alleen een beetje buikpijn.'

'Komt vast van de honger,' zei zijn moeder. 'Er staat brood op tafel. Ga maar een boterhammetje smeren. Ik kom zo. Even uitzoeken wat ik nodig heb voor de vloer. En wat het beste is om de ramen schoon te krijgen.' Ze trok een gezicht. 'Ik moet nog harder werken dan vroeger in de bieb toen ik gewoon een baan had. Ik snap nu waarom moeders mopperen op modderschoenen en vette vingers.'

'Ik heb niet zo'n honger,' zei Glenn.

'Probéér in elk geval iets te eten. En o ja, ik heb je judopak gewassen, dus je kunt om halfvier stralend wit gaan judoën.'

Met zijn bord op schoot zat Glenn even later op de bank. Hij kauwde zonder veel te proeven en keek tv zonder veel te zien. De buikpijn kwam duidelijk niet van de honger.

Toen hij om kwart over één met zijn sporttas op zijn rug buitenkwam, zag hij Sannes grote broer Jochum bij het tuinhek aan zijn brommer sleutelen. Ondanks het nare, zeurende gevoel in zijn buik liep hij naar Jochum toe.

'Kom je je verkering ophalen?' vroeg Jochum met een brede grijns.

'Ik heb geen verkering met je zus.'

'Moet je het aan haar vragen,' zei Jochem. 'Ze zegt vast ja.'

'Doe niet zo stom.'

Jochum grinnikte en draaide met een steeksleutel een moertje vast.

'Wat had jij met je computer toen de stroom uitviel?' vroeg Glenn.

Jochum zuchtte en legde de steeksleutel weg. 'Man, het is vet minder. Ik stond zwaar op winst met Worlds of Total War. Nog één level en dan had ik de hele wereld in mijn macht. Maar baf, stroomuitval, alles weg.'

'Had je dan geen eh back-ups?' vroeg Glenn.

Jochum schudde zijn hoofd. 'Alles wordt online opgeslagen. Ergens op een server van de game. En die server is dus helemaal leeg.'

Glenn knikte. Er trok een pijnscheut door zijn buik.

'Ik ben er doodziek van,' zei Jochum. 'Nog maar één level.' Hij startte zijn brommer. Die pruttelde wat, leek even aan te slaan, maar besloot het toch maar niet te doen.

Jochum zei iets lelijks en pakte de steeksleutel weer.

'Moet je nou weer helemaal opnieuw beginnen?' vroeg Glenn.

'Met mijn brommer? O, nee, je bedoelt... Ik hoop dat die levels nog ergens opgeslagen zijn. Maar hoe moet ik erbij komen? Waar moet ik zoeken? Internet is eindeloos. Miljoenen en miljoenen computers...'

Sanne kwam uit de achtertuin naar voren lopen.

'Daar is je verloofde al,' zei Jochum.

Glenn zei maar niets. 'Maar de stroomstoring was toch hier?' vroeg hij. 'Toch niet ergens ver weg waar die servers met dat spel staan?'

'Ja,' zei Jochum. 'Het is heel raar. Ik heb best verstand van computers, maar dit begrijp ik ook niet. Je weet wat een harde schijf is, hè?'

Glenn knikte. 'Daar staan al je programma's en spelletjes op, en liedjes en foto's en zo.'

'Precies. Als de stroom uitvalt kan een harde schijf helemaal niet worden gewist.'

'Bij Paul van Loon wel,' zei Sanne.

Jochem draaide weer aan een moertje van zijn brommermotor. 'O ja, je grote held. Nou, en bij mij dus ook. Maar éígenlijk kán het níét.'

Bram kwam zijn huis uit en liep de straat op. Jasmijn reed piepend op haar fietsje achter hem aan.

'We moeten naar school,' zei Sanne tegen Jochum. 'Doewie.'

'Doewie,' zei Jochum.

'Wat zie jij wit,' zei Bram en hij keek Glenn onderzoekend aan.

'Ik ben niet zo lekker,' zei Glenn. 'Wat heeft zij?' Hij knikte naar Jasmijn, die met samengeknepen lippen fietste.

'Ik mag van Bram niks meer zeggen,' zei Jasmijn boos. 'Maar ik weet het lekker wel.'

'Wat dan?'

'Bram is op...' Ze kneep haar mond weer stijf dicht.

'Snoepje?' vroeg Glenn aan Sanne. Hij herinnerde zich dat hij nog ergens een toffee had.

'En ik dan?' vroeg Bram.

'Ik heb er nog maar één,' zei Glenn.

In de klas werd de buikpijn alleen maar erger. Glenn merkte dat hij aan niets anders kon denken dan zijn buik. Een naar, trekkend gevoel, alsof zijn buik zich zo klein mogelijk probeerde te maken. Hij was een beetje licht in zijn hoofd. De stem van de juf klonk als een vaag gezoem ergens ver weg.

'Glenn? Glenn?'

Glenn keek op. De juf stond bij zijn tafeltje. 'Wat heb je?'

'Beetje misselijk, juf.'

'Ik vond je al zo bleek. Wil je naar huis?'

Glenn knikte.

'Moet er iemand gebeld worden?'

'Nee, juf, mijn moeder is thuis.'

'Moet iemand met je meelopen?'

Glenn schudde zijn hoofd. Het was niet ver, hij redde het wel.

'Ga maar gauw dan, ik hoop dat je er morgen weer bent.'

Nagekeken door de kinderen liep Glenn de klas uit. Lopen was niet fijn voor zijn buik, dus hij nam kleine stapjes om zo min mogelijk te hoeven bewegen.

Hij was toch nog eerder thuis dan hij had verwacht. De sleutel van de voordeur zat aan zijn sleutelbos, maar hij wist dat de keukendeur open was, dus liep hij achterom.

Al op het moment dat hij zijn hand op de deurklink legde, voelde hij dat er iets niet klopte. Toen hij de keuken binnenstapte, wist hij het zeker.

Aan het aanrecht stond een volkomen onbekende vrouw een dweil uit te wringen.

Ze keken elkaar aan, allebei geschrokken, allebei in de war, allebei... betrapt.

'Wie bent u?' vroeg Glenn toen hij over zijn schrik heen was.

'De werkster natuurlijk,' zei de vrouw. 'En jij? Ach, jij bent natuurlijk Glenn!'

'Waar is mama?'

De werkster keek hem aan alsof dat een heel domme vraag was.

'Op haar werk natuurlijk. Daarom ben ik hier om het huis een lekkere poetsbeurt te geven. Je moeder is om halfvijf terug.'

Glenn keek haar stomverbaasd aan. Hij zag er waarschijnlijk uit als iemand die in het spookhuis op de kermis een echte geest tegenkomt. 'O.' Meer wist hij niet te zeggen.

'Maar waarom ben jij thuis?' vroeg de werkster.

'Misselijk...' zei Glenn. Hij was zijn buik even vergeten, maar nu kwam alles weer terug.

'Wil je naar bed?' vroeg de werkster. 'Ik ben boven al klaar.' Ze liep naar de gootsteen en kiepte een emmer leeg.

Glenn bleef nog even staan kijken. De werkster gedroeg zich alsof ze hier vaker was geweest.

Zijn moeder een baan? Zijn moeder die net nog gezegd had dat ze thuis harder moest werken dan toen ze nog in de bieb werkte? Hij begreep er niets van.

Hij draaide zich om, liep naar de trap en ging naar boven, naar zijn slaapkamer.

Met zijn kleren aan ging Glenn op bed liggen. Hij sliep al voordat hij het wist. Ergens in zijn droom riep de werkster: 'Ik ben klaar, ik ga! Beterschap,' en hij antwoordde nog ook. 'Daag!'

Van de rest herinnerde hij niets. Hij sliep, droomde van die rare dromen die je hebt als je ziek bent en schoot wakker.

Het was nog steeds middag en zijn buikpijn was weg.

Hij had het idee dat hij een jaar had geslapen. Onzin natuurlijk, maar de pijn was verdwenen. Dat was een hele opluchting. Toen hij naar het raam liep en naar de straat keek, zag hij Bram en Jasmijn aankomen. Sanne liep met hen mee. Het was halfvier. Hij had hooguit anderhalf uur geslapen.

Hij bonkte tegen het raam tot Bram omhoogkeek en zwaaide. Glenn wenkte hem.

Even later zaten ze samen op Glenns bed. Glenn had over zijn moeder en de werkster verteld.

'Ik begrijp er geen hout van...'

Bram krabde op zijn hoofd. 'Nee, het is heel maf. Als je moeder een baan heeft, kan ze dat toch gewoon zéggen?'

'Ja...' zei Glenn. Hij dacht aan tussen de middag. 'Ze klaagde nog dat ze het zo druk had met het huishouden.'

Brams ogen begonnen te glimmen. 'Je moeder heeft een geheim,' zei hij verlekkerd. 'Ga je het haar vragen?'

Glenn keek hem spottend aan. 'Ja, tuurlijk. En dan zegt ze: je hebt gelijk. Ik beroof banken terwijl jij op school zit.'

Bram snapte dat hij iets doms had gezegd. 'Maar eh... wat eh... Ach, ik weet het ook niet.'

'Moet je horen.' Glenn stond op. 'Mijn moeder denkt dat ik tot halfvijf op judo ben. Kan ik met jou mee?'

'Je bent toch niet lekker?'

Glenn legde zijn hand op zijn buik. Nu de pijn weg was kon hij zich bijna niet meer voorstellen dat hij er zoveel last van had gehad.

'Het is over,' zei hij. 'Ik vertel gewoon niet dat ik naar huis mocht. Ik doe ik net of ik naar judo ben geweest.'

'En dan?'

'Dan ga ik haar bespioneren!'

Toen Glenn om halfvijf de keuken binnen liep, met de judotas bungelend aan zijn schouder, geloofde hij alwééŕ zijn ogen niet.

Zijn moeder stond bezweet en met piekerige haren bij het aanrecht. Ze goot een emmer bruinig sop weg.

'Hai schat,' zei ze, terwijl ze een haarlok wegblies. 'Wat een klus. Ik ben de hele middag bezig geweest.' Ze zuchtte.

Glenn bekeek haar. Als hij niet beter had geweten... Zijn moeder zag eruit alsof ze écht de hele middag had gesopt en geboend.

'Het is voorlopig weer schoon,' zei ze. 'Zo lang als het duurt... Heb je fijn gejudood?'

Nu was het Glenns beurt voor een stukje toneelspel. 'Ik voel me nog steeds niet lekker, mam.' Hij legde een hand op zijn buik. 'Buikpijn. Waarom neem je geen werkster?'

Zijn moeder negeerde de vraag. 'Nog steeds buikpijn? Hè, wat vervelend schat. Nou wat wil je, met een dekentje op de bank of je bed in?'

'Ik ga wel naar boven,' zei Glenn.

Die avond tegen zevenen zat Glenn achter zijn computer. Hij chatte met Bram. Ze konden via de webcam met elkaar praten. Als ze uit het raam van hun kamer gingen hangen kon dat ook, maar via msn was het leuker.

'Vet raar,' zei Bram. 'En wat nu?'

'Ik doe morgen of ik nog steeds ziek ben,' zei Glenn. 'Kan ik mijn moeder de hele dag in de gaten houden.'

'Strak plan,' zei Bram. 'Wat ga je ontdekken?'

'Hoe moet ik dat nou weten!' zei Glenn. Af en toe kon

18

Bram wel erg domme vragen stellen.

Jasmijn verscheen in het kadertje van de webcam. Bram draaide zich om naar zijn zusje.

'Wat is er, Jasmijn?'

'Wat is er geheim?' vroeg zijn zusje.

'Niks, helemaal niks,' zeiden Bram en Glenn tegelijk.

Beneden klonk de stem van Glenns moeder. 'Glenn, zit je nou te webcammen? Je zou je bed toch in gaan?'

'Even met Bram, mam!' schreeuwde Glenn. 'Zeggen dat ik morgen thuisblijf. Bram vertelt het wel aan de juf. Of eh... hij neemt een briefje mee.'

'Ik bel morgen naar school!' riep zijn moeder naar boven.

'Nee, nee!' zei Glenn haastig. Als zijn moeder de juf sprak, kreeg ze te horen dat hij de hele middag thuis was geweest. Dat mocht natuurlijk niet gebeuren. 'Het moet op een briefje, mam!'

Zijn moeder zuchtte hoorbaar. 'Oké, goed. Maar nu je bed in, lieverd. Misschien ben je dan morgen alweer beter.'

'Ja, mam!'

Glenn wist zeker dat hij morgen niet beter was. Heel zeker.

Het was bijna donker en Glenn sliep al haast, toen hij zijn moeder buiten hoorde praten. Hij verstond niet wat ze zei. Hij hoorde wel dat er antwoord werd gegeven door een zware mannenstem.

Glenn kwam uit bed en keek slaapdronken naar buiten. Zijn moeder stond op de stoep met een vreemde man in een donker uniform, een soort politiepak. Of een... Glenn wist het niet. Hij vond de man er wel duister uitzien. Duister en een beetje om bang van te worden. Glenn spitste zijn oren, maar kon niets verstaan. Na een paar minuten ging hij maar terug naar bed.

Die nacht sliep hij niet lekker. Hij droomde raar over zijn moeder. Dat ze een superheld was. En daarna dat ze zijn moeder niet was.

2

Glenn werd wakker. Hij bleef stil liggen en luisterde naar de geluiden beneden. Het waren de vertrouwde dingen: de radio, een kraan die liep. Zijn moeders voetstappen die dichterbij kwamen. Hij hoorde traptreden kraken. Toen ging de deur van zijn slaapkamer open. Zijn moeder keek naar binnen.

'Hoi liefie,' zei ze met een glimlach. 'Hoe is het nu met je?'

Glenn had bijna 'goed' gezegd. Hij herinnerde zich zijn plannetje net op tijd. Dus trok hij een zielig gezicht en zei: 'Nog niet zo goed, mam.'

Er leek even een schaduw over zijn moeders gezicht te trekken. 'Dus je wilt thuisblijven?'

'Als het mag...'

'Ziek is ziek,' zei zijn moeder.

'Geef je Bram het briefje aan de juf mee?'

Zijn moeder keek of ze dat alweer vergeten was. 'O ja, ik bel Brams moeder wel even om te vragen of hij het komt halen.'

Ze deed de deur dicht. Glenn grijnsde naar het plafond

en ging er eens lekker voor liggen. Op een doordeweekse dag in bed blijven was toch heel wat anders dan uitslapen in het weekeinde.

Hij hoorde zijn moeder praten, waarschijnlijk met Brams moeder. Hij gleed zijn bed uit en liep naar het raam. Het duurde niet lang voordat Bram verscheen. Hij zag Glenn staan, stak twee duimen omhoog en holde de straat over.

Een paar tellen later hoorde Glenn Bram in de gang. Hij deed zijn slaapkamerdeur open om te kunnen verstaan wat er werd gezegd.

'... naar boven?' vroeg Bram.

'Ga maar even,' hoorde hij zijn moeder zeggen. 'Hij is wakker.'

Toen Bram boven aan de trap verscheen, grijnsde hij samenzweerderig. 'Yo man, ben je heel erg ziek?' vroeg hij overdreven hard, als een slechte toneelspeler.

'Morgen wil ik wel weer beter zijn, hoor,' zei Glenn.

'Nee, joh vanmiddag om halfvier moet je weer beter zijn!' zei Bram. 'Dan gaan we met z'n allen spelen. En beterschap gewenst van Sanne.'

Als Glenns moeder beneden had geluisterd, kon ze alles luid en duidelijk verstaan.

Toen Bram een paar minuten later weer weg was, voerde Glenn het eerste deel van zijn plannetje uit. Hij lag net weer in bed een blaadje te lezen, toen zijn moeder om de hoek van de deur keek.

'Wil je iets hebben? Iets eten?'

Glenn keek op en glimlachte zo ziekjes als hij kon. 'Nee hoor, mam.'

'Liefie,' zei zijn moeder, 'ik móét even de deur uit. Het is heel vervelend. Ik moet dingen regelen en ook nog boodschappen halen. Zal ik voor de zekerheid een beschuitje smeren?'

'Hoeft niet,' zei Glenn zwakjes. 'Als ik iets wil, pak ik het wel.'

Zijn moeder had de deur nog niet dichtgedaan, of Glenn stond naast zijn bed. Hij was helemaal aangekleed, klaar om zijn moeder te volgen als ze wegging. Hij stelde zich verdekt op bij het raam.

Het duurde niet lang voor hij zijn moeder het tuinpad zag af lopen. Ze had haar fiets aan de hand.

Razendsnel schoot Glenn in zijn schoenen en hij denderde naar beneden. Tijd om de keukendeur op slot te doen, was er niet. Hij was nog maar net op tijd om zijn moeder de straat uit te zien fietsen. Hij sprong op zijn crossfiets en ging haar achterna.

De wijk waar Glenn woonde, lag aan de rand van het dorp. Daarachter begon iets wat geen bos was en ook geen park. Het was iets ertussenin. Bomen, wegen, fietspaden en af en toe een gebouwtje. Midden in dit gebied lag een bedrijvenpark. Het was een verzameling loodsen, gebouwen en kantoren met een stevig hek eromheen. Vroeger hadden hier allerlei bedrijven gezeten. Nu was het bedrijvenpark al een paar jaar dicht. Het lag te ver bij de snelwegen vandaan. De bedrijven waren allemaal ergens anders heen verhuisd.

Glenns moeder fietste langs het winkelcentrumpje met de supermarkt. Ze reed de wijk uit, het bosachtige gebied in.

Rechts van de weg, in een berm vol struiken, stond een groot houten bord. BEDRIJVENPARK DE PUNT stond erop, en daaroverheen was een bord geschroefd met zwarte letters: GESLOTEN.

Glenn minderde vaart. De weg ging maar naar één plek: de ingang van het terrein. Maar daar stond een poort die al jaren dicht was. Zijn moeder reed dus min of meer een doodlopende weg in.

Glenn gooide zijn fiets in de struiken achter het bord DE PUNT en holde door de berm naar de ingang van het terrein.

Hij kon nog net zien hoe zijn moeder de grote oude poort in de omheining openduwde en haar fiets naar binnen reed. Het hek ging dicht en er klonk gerammel van kettingen en een hangslot.

Glenn kon niet precies zien wat ze deed. Struiken en takken zaten in de weg. Maar dat zijn moeder het bedrijvenpark in was gegaan, stond vast.

Gebukt stak Glenn de weg over. Al was het een mooie zomerochtend, hij had het toch koud. Was dat angst? Hij verwachtte elk moment een stem te horen die hem terugriep. Hij verwachtte dat er iemand bij het hek zou verschijnen. Een gewapende bewaker of zo. Er gebeurde niets. Hij kwam bij de poort, gluurde erdoorheen en zag zijn moeder nog net achter een loods verdwijnen.

Het terrein was absoluut verlaten. Achter de poort, midden op de weg, stond een grijs houten gebouwtje. De verf was dof en bladderde. De ramen waren dichtgeschilderd. Een kapotte slagboom lag in een opgedroogde modderplas.

Zijn moeder was nu helemaal uit het zicht. Of toch niet? Nee! Hij zag haar weer. Ze stond bij een vierkant wit gebouw. Het volgende moment was ze verdwenen. Naar binnen gegaan. Glenn prentte zich het witte gebouw in.

Het volgende moment had hij het onaangename gevoel dat er iemand naar hem keek. Hij draaide zich om en keek rond. Niemand te zien. Maar toch... de haartjes in zijn nek prikten.

'Verbeelding,' zei hij tegen zichzelf.

Hij keek weer door het hek. Je kwam dit bedrijvenpark niet zomaar binnen. De poort had dikke staven van ijzer en er zaten punten bovenop. Links en rechts van de poort verdween de omheining tussen de bomen. Het was een omheining van gaas, die er stevig uitzag. Maar was er misschien verderop ergens een gat?

Glenn liep een stukje, keerde toen om, liep terug, stak over en liep de andere kant op. Niets te zien hier. Bomen, struiken, gaas en de oude lege loodsen en gebouwen verderop. Wat had zijn moeder hier te zoeken? Wat deed ze hier dat zo stiekem was?

De vogels floten. Er zoemden insecten voorbij. Alles was zomers en vredig. En toch... Toen Glenn opeens een schaduw zag bewegen, sprong zijn hart naar zijn keel. Hij wilde het bijna op een lopen zetten.

Natuurlijk was er niets. Hij had zich vergist. Het was gewoon de schaduw van een tak geweest. Of niet?

Hij voelde zich nu echt niet meer op zijn gemak. Dode bladeren kraakten onder zijn voeten, toen hij terugliep naar zijn fiets.

Daar bleef hij nog een hele tijd staan, maar er gebeurde niets meer. Er kwamen geen andere mensen. Er stopten geen auto's, niets. Uiteindelijk besloot hij dat hij net zo goed naar huis kon gaan. Hier blijven rondhangen had geen zin.

Hij viste zijn fiets uit de struiken en reed naar huis.

Het gevoel bekeken te worden, was geen verbeelding geweest. Uit de schaduw van een boom verscheen een man. Hij had een fotocamera met een grote lens in zijn handen. Hij richtte en maakte een paar foto's van Glenn, die wegfietste.

Met een verbeten gezicht liep de man naar het grijze gebouwtje bij de poort. Hij maakte een deur met een dichtgeverfd raam open en ging naar binnen. Bedrijvenpark De Punt was minder verlaten dan het leek...

Tot zijn eigen verbazing was Glenn in slaap gevallen toen hij in zijn kamer op bed ging liggen. Hij had willen nadenken. Hij had raadsels op willen lossen. Dat was niet gelukt. Slapen wel. Hij had ook nog gedroomd, maar wist niet meer wat.

Beneden klonken voetstappen. De stem van zijn moeder klaterde omhoog.

'Glenn! Ik ben thuis!'

Glenn kwam overeind en liep zijn kamer uit, de trap af. 'Wat was je lang weg...'

'Alles duurt altijd langer dan je wilt,' zei zijn moeder. 'Ik moest allerlei papieren invullen. Verzekeringsdingen. En de boodschappen nog, natuurlijk... Hoe is het met je?'

'Wel een beetje beter. Ik heb geslapen. Vanmiddag wil ik wel weer naar school. We hadden om halfvier met z'n allen afgesproken.'

'Dan zal ik een boterhammetje voor je maken,' zei zijn moeder. 'Ook een uitgeperst sinaasappeltje? Hoe laat ben je thuis?'

Glenn vond het een beetje een gekke vraag, maar hij wist wel waarom zijn moeder hem stelde. 'Gewoon, etenstijd.'

Om halfvier bleven Glenn, Sanne en Bram niet op Jasmijn wachten. Ze haalden hun fietsen en kozen de kortste weg naar de rand van de wijk.

Het bedrijvenpark lag er dromerig bij in het licht dat door de boomtakken viel. Maar Glenn voelde dat er ook iets dreigends in de lucht hing.

Voorzichtig gingen ze naar het hek. Ze hadden alle drie het gevoel dat gebukt lopen het beste was. Stel je voor dat ze gezien werden. Gezien? Door wie? Ze wisten het niet. Het was maar een gevoel.

Glenn legde zijn handen om de spijlen van de poort in het hek en rammelde eraan. Het geluid van ijzer op ijzer leek alle kanten op te echoën.

'Pas nou op!' zei Sanne. 'Straks hoort iemand je.'

'Yo, hier komt al jaren niemand meer,' zei Bram geruststellend.

'Glenns moeder is hier ergens. Die kan ons horen,' zei Sanne bezorgd. Ze had daar natuurlijk wel gelijk in.

'Nou,' zei Glenn, 'dat gebouw waar ik mijn moeder binnen zag gaan, staat een eind verderop.' Hij wees in de verte. 'Daar ergens. Ze zal ons niet zo snel horen.' En hij voegde er twijfelend aan toe: 'Geloof ik.'

Bram keek aandachtig door het hek. 'Toen we in groep vijf zaten, ben ik hier nog weleens geweest. Je mocht hier nooit naar binnen.' Hij knikte naar het gebouwtje met de kapotte slagboom. 'Daar zat een soort agent.'

'Wat zou er met al die gebouwen gebeuren?' vroeg Sanne zich hardop af. Het was nu allemaal wel zomers, met zingende vogels en schaduwvlekken overal. Toch had het ook iets droevigs, al die verlaten gebouwen. Als je goed keek, zag je hoeveel er kapot was: ramen, daken, deuren. Het asfalt was gebarsten. Er groeide onkruid en gras in de scheuren.

'Misschien gaan ze huizen bouwen,' zei Glenn. 'Maar ik wil toch echt weten wat mijn moeder hier doet. En waarom ze tegen me staat te liegen.'

Bram grinnikte. 'En onze vaders en moeders maar zeggen dat wíj niet mogen jokken!'

'Goed,' zei Sanne. Ze deed een stap achteruit. 'Maar hoe komen we er nou in?'

'Klimmen,' zei Bram.

Met z'n drieën liepen ze een stukje langs het hek, op zoek naar een plek waar ze niet zo makkelijk werden gezien. Daar zetten ze hun schoenen in het gaas en probeerden naar boven te klimmen. Het hek was een stuk hoger dan het leek. En het ijzerdraad was een stuk scherper dan ze dachten.

Al na een klein stukje gaf Bram het op. Hij liet los en sprong achteruit omlaag. Zodra hij weer rechtop stond, begon hij op zijn handen te blazen. 'Man, dat snijdt!' zei hij klagerig.

Ook Sanne sprong omlaag. 'Veel te hoog,' zei ze.

Glenn was blij dat hij nu ook naar beneden kon springen. Wat op tv of in een boek zo makkelijk leek, was een onmogelijke klus. Hij ging dat natuurlijk niet toegeven.

'Zal ik je een kontje geven?' zei hij tegen Sanne en hij grijnsde naar Bram. Die keek jaloers terug.

'Laten we een stukje verderop kijken,' zei hij. 'Misschien lukt het ergens anders wel.' Ze begonnen te lopen.

Ze waren nog niet weg of de deur van het grauwe dichtgeschilderde hokje ging op een kier open. De lens van een fotocamera werd naar buiten gestoken. De camera klikte. De kinderen zagen het niet, maar ze werden uitgebreid gefotografeerd.

Zoekend gingen Sanne, Glenn en Bram langs het hek. Af en toe bleven ze staan om te kijken. Was het hek hier lager? Nee, dat leek steeds maar zo.

Bij een scheefgegroeide boom bleef Glenn staan. Hij wees naar de grond. 'Hier!'

De wortel van de boom had het hek een stukje omhooggewrikt. Of misschien hadden konijnen hier een vluchtweg onder het hek gegraven. Er was in elk geval een kuil onder het gaas. Eentje die ze misschien konden gebruiken om onder het hek door te glippen. Hij knielde en Sanne en Bram kwamen bij hem staan.

'Komen we nooit doorheen,' zei Bram.

'Wel als we graven,' zei Sanne en ze glimlachte naar Glenn.

Bram kon een jaloerse blik niet verbergen.

Toen Glenn en Sanne op hun knieën zakten om te gaan graven, moest hij wel meedoen.

Ergens ver weg klonk het piepen van een fietsje. Jasmijns fietsje. De kinderen hoorden het niet. Ze waren te druk met graven.

In het hokje van de portier zat een man in een zwart pak aan een tafeltje. Hij bekeek de foto's van de kinderen die hij net had geprint. Het was een beetje een duistere man. Glenn zou hem direct hebben herkend. Het was de man die gisteravond met zijn moeder had staan praten.

3

Bram en Glenn stonden al aan de binnenkant van het hek. Sanne wurmde zich door de kuil die ze hadden uitgegraven. Glenn en Bram kwamen tegelijk op het idee om haar te helpen. Ze pakten haar allebei bij een arm en trokken haar onder het hek door.

Een knarsend gepiep kwam dichterbij.

Sanne klopte het zand van haar kleren. Bram keek naar waar het geluid vandaan kwam. Je zag het op zijn gezicht. Hij dacht: ah, nee hè? Maar het was 'ah ja'. Tussen de bomen verscheen Jasmijn op haar fietsje. Ze had moeite om haar stuur recht te houden. Het smalle pad langs het hek was erg hobbelig. Er groeiden wortels, er waren stenen en kuilen. Ze remde en sprong van haar zadel. 'Wat doen jullie? Dat mag helemaal niet!' riep ze.

'Jij mag niet zo ver van huis!' zei haar broer.

'Doen jullie dit stiekem?' Jasmijns ogen begonnen te glimmen van opwinding. 'Mag ik ook mee?'

Sanne, Glenn en Bram keken elkaar aan. Ze moesten snel zorgen dat Jasmijn wegging. Een klein zusje konden ze niet gebruiken.

'We zoeken alleen maar iets...' Bram keek hulpeloos naar Sanne en Glenn.

Glenn schoot hem te hulp. 'We eh... We moeten mijn moeder iets brengen.'

Het klonk erg dringend, maar Jasmijn liet zich niet wegjagen.

'Waarom is je moeder hier dan?' vroeg ze.

'Eh... ze is eh...' zei Glenn.

Bram schoot hem te hulp. 'We zijn zo meteen weer terug. Ga alvast maar naar huis. Wij komen zo.'

Jasmijns gezicht betrok. 'Nou hoor!' zei ze. 'Dat is heus niet leuk voor mij. Nou heb ik niks te doen...'

Bram knikte naar Glenn en Sanne. 'Kom op.' Hij begon te lopen.

Glenn ging met hem mee, maar Sanne bleef nog even aarzelend staan. 'Volgende keer mag je ook mee. Maar nu kan het even niet...' zei ze. Toen draaide ze zich om en ging de jongens achterna. Jasmijn bleef sip achter.

Glenn, Bram en Sanne liepen over het bedrijvenpark. Links en rechts stonden oude loodsen en kantoorgebouwen. Alles was dichtgetimmerd. Er lagen hopen afval. Onkruid bloeide op bergen puin. Mensen hadden hier stiekem van alles gestort.

Sanne huiverde even. 'Ik denk dat het hier 's nachts hartstikke eng is.'

'Dan bescherm ik je wel, hoor!' zei Bram en hij sloeg een arm om haar schouder. Sanne wurmde zich los, maar toch keek Glenn even jaloers.

Op een kruispunt van drie wegen zei Bram: 'En waar is je moeder naar binnen gegaan?'

Glenn bleef ook staan. Hij keek zoekend om zich heen. In de verte, tussen de bladeren van twee hoge struiken, zag hij iets wits. 'Daar!' Hij wees, maar hij twijfelde meteen. Het gebouw waar zijn moeder in was verdwenen was groter, dacht hij zich te herinneren. Hij draaide een rondje op zijn hakken. Toen kreeg hij het witte gebouw in de gaten. 'Daar!'

Hij begon te hollen en Sanne en Bram gingen achter hem aan.

Het witte gebouw was een betonnen blok. Dichtgeverfde ramen. Een groene deur die er erg gesloten uitzag. Ze liepen eromheen. Behalve een elektriciteitskastje en een kelderluik was er niets te zien. Het gebouw zag eruit als een bunker.

Bram liep naar de deur en trok aan de hendel. Er was geen beweging in te krijgen. 'IJzer,' zei hij. 'Dikke ijzeren deur.'

Sanne kwam bij hem staan. Ze wees op een paneel in de deur: drie rijen met vier knoppen, net als bij een telefoon. 'Je moet een code intikken.' Ze zei het alsof ze er verstand van had.

Bram drukte een paar knoppen in. Er gebeurde niets.

Glenn zag verderop een wrakkig houten krat staan. Hij sleepte het naar het gebouw en klom erop. De ramen waren van dik glas met ijzeren draden erin. De ruiten waren dichtgeverfd met een dikke laag verf.

'Zie je iets?' vroeg Sanne.

'Niks.' Glenn sprong van het krat.

Bram had zijn oor tegen de deur gelegd. 'Ook niks te horen...'

Sanne zuchtte teleurgesteld. 'En nu? Weet je zeker dat je moeder hier is?'

Glenn keek naar de grond. In het zand op het pad naar de deur zag hij bandensporen. 'Ik denk het wel, kijk, hier heeft laatst nog iemand met een fiets gereden.'

'Wat doen we? Wachten?' stelde Sanne voor.

'Yo, tot we een ons wegen, zeker,' snoof Bram.

Op dat ogenblik klonk er geluid in het gebouw. Een doffe metalige bons, daarna bewoog de deur. Langzaam en doodstil ging hij open. Eerst verscheen een stukje fietswiel, daarna het stuur met twee handen erom. Toen kwamen de rest van Glenns moeder en haar fiets naar buiten.

'Mam!' zei Glenn opgelucht en zenuwachtig tegelijk.

'Glenn!' Zijn moeder keek geschrokken om zich heen of ze niet werden gezien. Pas daarna kreeg ze Bram en Sanne in het oog.

'Wat doen júllie hier! Kom gauw binnen! Snel! Niemand mag jullie zien.'

Jasmijn stond met haar fietsje bij het hek van het bedrijvenpark.

Aan de andere kant stond een man in een pak dat op

een uniform leek. Hij was niet al te groot maar stevig gebouwd. Spieren, geen vet. Het was een man met wie je geen ruzie wilde hebben.

Hij had een camera met een enorme lens in zijn hand.

'Zo, en waar zijn ze dan?' vroeg de man.

'Stiekem onder het hek door gegaan,' zei Jasmijn, 'maar ik niet!' Ze keek hem met haar eerlijkste blik aan.

'Ik ben blij dat je me dat vertelt,' zei de man. 'Ga nu maar naar huis.'

Jasmijn keek verlekkerd. 'Gaat u ze arresteren?'

In het witte gebouw was Glenns moeder bezig met het slot van de groene deur. Bram had gelijk gehad, het was een stevige ijzeren deur. Het slot was nog steviger. Drie dikke stalen pennen die met stangen aan elkaar waren verbonden. Glenn keek hoe zijn moeder bezig was. Alsof ze in de kluis van een bank waren opgesloten.

Toen ze eindelijk klaar was, wees ze op de deur aan het einde van de gang. 'Ga daar maar naar binnen.'

De ruimte waar ze binnenkwamen was kaal en bijna leeg. Maar de paar dingen die erin stonden, waren geweldig.

In de hoek stond een enorme kast met knipperende lichtjes. Tegen een zijmuur stond een tafel met twee computers. Midden in de ruimte stond een stoel zoals ze nog nooit hadden gezien. Het was een soort tandartsstoel voor gamers, met een ingebouwd toetsenbord, een muis in de armleuning en links en rechts luidsprekers.

Maar het bijzonderst was het beeldscherm aan de muur. Of wás de muur het beeldscherm?

'Yo,' verzuchtte Bram, 'wauw!'

Het was alsof ze een kamer uit de toekomst waren binnengestapt.

Glenns moeder gedroeg zich nog steeds zenuwachtig. 'Hoe zijn jullie hier gekomen? Heeft iemand jullie gezien?'

Glenn schudde zijn hoofd. 'Ik geloof het niet. Wat doe jíj hier?'

'Werkt u hier?' vroeg Bram ademloos. 'Yo, wat is dit voor computer? Of o nee, dit is een server.'

Sanne stond bij de muur die een beeldscherm was. 'Zo'n scherm wil Jochum ook wel voor zijn games!' zei ze.

Glenns moeder leek dat niet te horen. Ze klonk érg bezorgd. 'Weten jullie zeker dat niemand jullie gezien heeft?' vroeg ze bezorgd. 'Als Vlaar hierachter komt...'

'Wat is dit allemaal, mam?' vroeg Glenn. 'Waarom doe je zo geheimzinnig?'

'Omdat dit geheim is!' zei zijn moeder. 'Als Vlaar ontdekt dat jullie hier zijn, heb ik gróte problemen!'

'Maar vertel nou, mam!' zei Glenn. 'Wat is dit hier? Wat doe je hier?'

'Oké, heel in het kort. Maar jullie moeten me één ding plechtig beloven. Echt, met je hand op je hart. Je mag hier nóóit iemand over vertellen. Niemand!'

De kinderen knikten. Ze zouden alles hebben beloofd.

Glenns moeder zuchtte. 'Dit is een geheim project. Ik moet iets doen voor de regering.'

'Jij bent geheim agent!' riep Glenn opgetogen. Hij zag beelden van wilde achtervolgingen. Zijn moeder als een James Bond. Geweldig.

Zijn moeder glimlachte en schudde haar hoofd. 'Dat klinkt wel heel erg alsof ik een superheld ben. Het is speurwerk. Zóékwerk. Ik zoek iets in opdracht van de regering.'

'Wat dan?' vroeg Bram.

'Iets wat kwijt is geraakt in die grote stroomstoring van laatst. Het is een enorme haastklus. Weten jullie nog, die stroomstoring? Heel veel mensen zijn toen op internet en op hun computer belangrijke dingen kwijtgeraakt. Iedereen denkt dat die voorgoed weg zijn. Maar dat is niet helemaal zo.'

Ze liep naar de kast met de knipperende lampjes en haalde een schakelaar over. Het beeldscherm lichtte op. Een lange reeks teksten en tekens schoof langs.

Glenns moeder ging in de speciale stoel zitten en drukte op een knop. Het scherm kwam tot rust. Rijen en rijen cijfers, letters en vreemde tekens.

'Dat is computertaal, hè?' vroeg Bram.

'Ja, min of meer. Dit zijn codes van allemaal dingen die op internet zijn kwijtgeraakt.'

Sanne deed een paar passen naar voren en begon het scherm te bestuderen. Ze had een diepe denkrimpel in haar voorhoofd.

'Je moet maar denken dat dit een soort eh... vergiet is,' vertelde Glenns moeder verder. 'Of een filter. Je weet wel, net als in een wasdroger. Stel je voor: je bent een foto aan het versturen. Dat duurt altijd wel even. Als je halverwege het verzenden je computer uitzet, wordt de foto niet verstuurd. Maar de ene helft is al weg. Waar blijft die helft?'

'Eh nou... eh... nergens,' zei Glenn. Hij had zoiets weleens meegemaakt.

'Nee,' zei zijn moeder. 'Niets verdwijnt zomaar. Zo'n halve foto, of een half liedje blijft een hele tijd op internet rondzwerven. Maar het gaat nergens meer heen. En uiteindelijk komt het hier terecht.'

'Dus dit is een soort gevonden voorwerpen?' vroeg Bram.

'Ja, zo kun je het ook noemen. Allemaal brokken en stukken. Die bewaren we hier. De regering is documenten kwijt...'

Glenn knikte. 'Dat hebben we op tv gehoord.'

'Nou, die moeten hier ergens zitten. Ik probeer ze te vinden. En als ik de stukjes bij elkaar heb, kan ik ze weer in elkaar puzzelen.'

Sanne had de hele tijd naar de codes gekeken. 'Hoe kunt u nou zien wat dit allemaal is?'

Glenns moeder maakte een gebaar. 'Het zijn codes. Net als in de bibliotheek. Op de ruggen van boeken staan toch ook codes? En aan de binnenkant van het kaft? Daar ben ik namelijk erg goed in, in codes. Daarom heeft de geheime dienst me in dit gebouw aan het werk gezet. Het is eigenlijk werk dat ik vroeger in de bieb deed.'

'Dus geen achtervolgingen en schietpartijen?' vroeg Glenn teleurgesteld. Daar ging zijn fantasietje van zijn moeder als heldin.

'Gelukkig niet. Stel je voor. Nee. Het is gewoon puzzelen, wat ik doe. Maar jongens, we moeten hier weg.' Ze liep naar de kast en schakelde het systeem uit.

'Luister,' zei ze tegen de kinderen. 'Vlaar mag niet weten dat jullie hier zijn. Ik leid hem af en jullie...'

Op datzelfde moment, buiten het witte gebouw, kwam de man met de camera aan lopen. Hij had zijn ogen strak op de grond gericht. Op het zanderige pad zag je niet alleen duidelijk de bandensporen van de fiets van Glenns moeder. Je zag ook voetafdrukken. De afdrukken van kinderschoenen. De man met de camera liep naar de groene deur. Hij wilde net een code intoetsen toen zijn mobieltje rinkelde. Binnen hoorden ze daar niks van. Het gebouw had dikke muren.

De man pakte zijn telefoon uit zijn borstzak. 'Vlaar hier,' zei hij kortaf. Hij luisterde even met een aandachtige frons. 'Ja minister, dat kan. Ik loop nu direct naar mijn kantoor om het uit te zoeken. Ik bel u dadelijk terug.'

Hij hing op en keek teleurgesteld naar de deur. Toen draaide hij zich om. Hij verdween in de verte naar het portiersgebouw.

Even later stapte Glenns moeder op haar fiets en reed naar het portiershokje. Glenn, Sanne en Bram stonden tegen de muur van het witte gebouw gedrukt. Toen zijn moeder uit het zicht was verdwenen, telde Glenn op zijn vingers tot tien. Toen begonnen ze te hollen. Als hazen gingen ze in de richting van het hek en schoven eronderdoor.

Toen ze gebukt langs de poort van het bedrijventerrein glipten, zagen ze Glenns moeder bij het portiershuisje staan. Ze was in gesprek met een man in een soort uniform. Dit was dus Vlaar. Glenn herkende hem. Het was dezelfde man die gisteravond met zijn moeder had staan praten.

Een halfuurtje later was iedereen bij Glenn thuis. Hier konden ze rustig verder met het gesprek van daarnet.

'En scores van games? Kun je die ook terugvinden?' vroeg Sanne.

'Ja, ook,' antwoordde Glenns moeder. 'Als je de codes weet.'

'Is het heel veel werk, zoeken naar verdwenen teksten?' wilde Sanne weten.

Glenns moeder knikte. 'Ik ben er al sinds de stroomuitval mee bezig.'

Sanne zei het heel voorzichtig, maar heel hoopvol. Ze wilde deze vraag al een hele tijd stellen. 'Ik weet iemand die een heel boek is kwijtgeraakt. Wilt u daar voor me naar zoeken? Het is een boek van Paul van Loon!'

'Kind, daar heb ik helemaal geen tijd voor!'

Sanne zakte teleurgesteld tegen de rugleuning van de bank.

'Ik zoek alleen documenten die heel snel gevonden moeten worden. En dat is echt geen lolletje. Vlaar zit me op mijn nek. Ik heb nog maar een paar dagen om alles te vinden.'

'Wie is die Vlaar eigenlijk?' vroeg Glenn.

'Dat vertel ik een andere keer nog weleens. Bram en Sanne moeten nu naar huis. Het is etenstijd.'

Die avond was het gangetje onder het hek waar de drie kinderen doorheen waren geglipt, dichtgestort met cement. Maar in de schemering was een zwarte gedaante met een betonschaar bezig het gaas stuk te knippen.

Toen het gat in het gaas groot genoeg was, glipte de gedaante naar binnen.

4

De volgende ochtend stonden Glenn en Bram met Sanne op het tuinpad van Sannes huis. Ze hadden allemaal
hun gymtas bij zich. Jochum, die handiger was met
computers dan met brommers, zat in het schuurtje te
sleutelen.

'Wat heeft je moeder verder nog verteld?' vroeg Sanne.

Glenn haalde zijn schouders op. 'Niks eigenlijk. Dat
die Vlaar haar baas is en het terrein bewaakt. En dat ze
die computer het Einde van Internet noemen.'

'Ik heb iets bedacht, gisteren,' zei Sanne.

Bram trok een gezicht. 'Yo, meiden met plannen... Zal
ik je tas dragen?'

'Sjonge, dat kan ze zelf óók wel hoor!' Glenn gaf Bram
een zet.

Sanne vond het wel best. Ze gaf Bram haar tas. Bram
grijnsde een overwinningsgrijns.

Ze keek Glenn ernstig aan. 'Luister nou... Jochum is
zijn gamelevels kwijt. Paul van Loon is zijn boek kwijt.
Die kunnen we bij je moeder terugvinden!'

Toen Jochum in het schuurtje zijn naam hoorde noemen, keek hij op van zijn brommer. Hij luisterde aandachtig naar de drie buiten.

'We mogen van mijn moeder niet meer op De Punt komen. Als die Vlaar ons betrapt...' zei Glenn en hij keek veelbetekenend.

'En dan nog,' zei Bram. 'Yo, we komen niet eens binnen. We hebben de code van het slot niet.'

Sanne hield vol. 'Maar we moeten *De Griezelbus 10* écht vinden. Dan worden we beroemd als boekenredders.'

Het piepen van een fietsje verstoorde het gesprek. Jasmijn kwam eraan.

'Je moet op míj wachten, Bram!' riep ze klagelijk toen ze haar broer zag.

'Ik ben er toch nog? We zijn heus wel op tijd op school.'

De kinderen vertrokken.

Jochum die in het schuurtje had zitten luisteren, pakte zijn steeksleutel weer op. Er glom een lichtje in zijn ogen.

Het geluid van Jochums brommer knetterde door de stilte. Vogels in de bomen stopten met fluiten. Beestjes doken haastig weg onder heggen of in bladerenhopen.

Er was verder niemand hier in de buurt van het gesloten bedrijvenpark. Bij het bord BEDRIJVENPARK DE PUNT GESLOTEN stalde hij zijn brommer. Hij bekeek de ingang van een afstandje. Nergens beweging te zien. Hij stak over naar de poort met het lege portiershokje. Hij rammelde aan de spijlen. Hij sprong en probeerde erin te klimmen. Te hoog. En áls er iemand was, werd hij meteen gesnapt.

Hij begon langs het hek te slenteren. Misschien was er een andere manier om binnen te komen. Dat was zijn zus en de buurjongetjes tenslotte ook gelukt.

Na een paar minuten was hij vanaf de weg al niet meer te zien. Het leek of hij diep in een bos liep. Net toen hij wilde omkeren, zag hij het gat. Iemand had het gaas van het hek doorgeknipt. Het gaas krulde opzij als een scheur in een vuilniszak. Zonder moeite kon Jochum naar binnen.

Vlaar kwam aan bij het hek van De Punt. Hij deed de poort open en sloot hem weer zorgvuldig toen hij binnen was. Daarna liep hij naar het portiershokje. Van buiten zag het er verlaten uit. Binnen was dat heel anders. Er stond een bureautje met telefoons en een laptop. In een grote ijzeren kast lagen mappen. Kartonnen mappen met papieren en foto's. Vlaar ging zitten en pakte er een. Hij deed hem open. Uit een andere map kwam een stapeltje foto's. Glenn was gefotografeerd bij het hek. Sanne toen ze probeerde erin te klimmen. Bram toen hij eronderdoor gleed. De kinderen hadden het niet gemerkt. Vlaar had de foto's zeer stiekem gemaakt.

Vlaar bekeek de foto's en stopte ze weg in mappen. GLENN BURKE stond erop en SANNE DE BAKKER.

Op een nieuw blaadje schreef hij: JASMIJN. ZUSJE

44

VAN BRAM. NIET GEVAARLIJK. WEL NIEUWSGIERIG.
Hij borg de foto van Jasmijn in een andere map.

Jochum was intussen bij het witte gebouw aangekomen.
Hij deed wat de kinderen gisteren ook hadden gedaan.
Hij rammelde aan de deur en probeerde door het raam te
kijken. Net toen hij weer weg wilde gaan omdat er toch
niets te zien was, hoorde hij geritsel. Hij dook haastig
weg achter een stapel kapotte houten vlonders. Uit de
struiken kwam een gedaante tevoorschijn. Een duistere,
donkere gedaante, helemaal in het zwart. Ze had een
zwarte rugzak om en een zwarte muts over het gezicht
gerold. Je zag alleen de ogen. De zwarte gedaante sloop
naar het gebouw en drukte een paar knopjes op de deur
in. Er gebeurde niets.

De gedaante liep naar de zijkant van het gebouw en
bukte. Jochum zag hoe ze zand en aarde en dode bladeren wegveegde. Er kwam een luik onder tevoorschijn.
Uit zijn rugzak haalde de gedaante iets wat een schroe-
vendraaier kon zijn, of een koevoet. Wat de gedaante
deed, kon Jochum niet goed zien. Hij kon het wel raden:
het luik openbreken. Hij leunde zó ver naar voren dat
een van de vlonders verschoof. Het maakte een lawaai
alsof er een kat krijste. De gedaante veegde met een snel
gebaar het zand en de aarde terug over het luik. Daarna
was ze verdwenen, snel als een haas. Jochum sprong op
en probeerde haar te volgen, maar dat lukte niet. De gedaante was te snel verdwenen.

Jochum liep terug naar het gebouw en bukte bij de plek waar de gedaante had gezeten. Toen hij het zand en de aarde had weggeveegd, zag hij het. Er zaten glimmende krassen in het groen geverfde ijzer. De gedaante had geprobeerd het luik open te krijgen. De gedaante wilde hetzelfde als Jochum: naar binnen, maar dat was niet gelukt.

Hij wilde net terug naar zijn brommer toen hij alweer voetstappen hoorde. Een man in een donker uniform kwam aanlopen. Jochum dook weer weg achter de vlonders. De man in het uniform had een camera met een grote lens om zijn nek hangen. Hij liep naar de deur van het witte gebouw. Jochum kreeg een idee. Hij wist niet waarom, maar hij dacht dat de man bij het witte gebouw hoorde. Dat hij erin kon. Misschien kwam het door de manier waarop hij liep. Hij ging naar het gebouw toe alsof hij dat elke dag deed. Jochum graaide in zijn broekzak. Hij pakte zijn mobieltje en drukte snel op de knop Video. Een goed filmpje werd het niet, maar dat kon Jochum niet schelen. Hij filmde hoe de man op de knopjes van de deur drukte. Twee keer een één en drie keer een vijf.

Het duurde heel even, maar toen ging de deur open. De man verdween naar binnen en de deur was weer dicht. Jochum maakte dat hij wegkwam.

Na schooltijd liepen Sanne, Bram en Glenn met elkaar hun straat in. Jasmijn fietste achter hen aan.

'En die meneer is lekker heel boos op jullie. Want jullie zijn onder het hek door gegaan. Wanneer mag ik nou een keer mee? Ik wil ook zo graag avonturen!' riep ze terwijl haar beentjes trapten.

Bram keek achterom en zei kalm: 'Een ander keertje, Jasmijn. We hebben helemaal geen avontuur. Het is gewoon een computer.' Hij klonk echt als een grote broer.

Jasmijn probeerde het nog een keer. 'Mag ik straks op de laptop, Bram?' vroeg ze lief.

'Ja hoor, jíj mag zo op de laptop,' verzuchtte Bram.

Jochum verscheen in de deur. 'Kom eens?'

De kinderen liepen op hem af. Jochum viste zijn mobieltje uit zijn broekzak. 'Moet je kijken.' Hij zocht het videomenu.

Glenn, Sanne en Bram geloofden hun ogen niet. In het begin was het filmpje schokkerig, maar ze herkenden het witte gebouw meteen. De camera zoemde in. Daar was Vlaar bij de groene deur. Nu zagen ze alleen zijn hand nog die naar de toetsen op de deur ging.

'Huh!' zei Glenn.

Jochum grijnsde. 'Jullie schreeuwden vanochtend de halve straat bij elkaar. Ik heb alles gehoord. Liggen mijn gamelevels in dat witte gebouw?'

Glenn moest alles even tot zich laten doordringen. Op het filmpje kon je Vlaar de code van de deur zien intoetsen. Jochum had het geheim opgelost. Jochum nog wel!

'Dat mag jij helemaal niet weten,' was het enige wat hij wist te zeggen.

'Ik hou mijn mond, echt,' beloofde Sannes grote broer. 'Maar ik ben vanochtend even wezen kijken en...'

Jasmijn begon te sputteren. 'Dat is niet eerlijk! Nou ben ik de enige die er nog nooit is geweest!'

Jochum deed of hij niets hoorde. 'Er hing iemand bij dat gebouw rond. Iemand die probeerde binnen te komen. Een soort insluiper in een zwart pak. En met een muts als een masker.'

'Dat moet ik tegen mijn moeder zeggen,' zei Glenn geschrokken.

'Yo, niet doen.' Bram wapperde met zijn armen. 'Dan weet ze meteen dat Jochum het Einde van Internet ook ontdekt heeft.'

Glenn dacht even na en knikte toen. Bram had gelijk.

'Jullie kunnen natuurlijk ook doen alsof jullie die insluiper zélf hebben ontdekt,' stelde Jochum voor.

Sanne begon te stralen. 'Ja! En dan gaan wij je moeder waarschuwen en als beloning mogen we proberen *De Griezelbus* te vinden!'

'Ho ho,' zei Jochum. 'Mijn levels. Mijn gamelevels, ja!'

Glenn schudde zijn hoofd. 'Ik denk dat ik maar niks over die insluiper zeg. Mijn moeder is al zenuwachtig genoeg omdat er zoveel haast bij haar werk is.'

'En toch is het gemeen,' zei Jasmijn. Ze ging op de trappers staan en fietste weg. Bram ging haar achterna. Glenn ging ook maar naar zijn huis.

'En wat gebeurt er als jij die dingen van de regering hebt gevonden?' vroeg Glenn. Hij nam het laatste stukje van zijn derde boterham.

'Dan houdt mijn werk op,' zei zijn moeder.

'En als nou iemand per ongeluk ontdekt waar het Einde van Internet staat?'

'Lieverd, ik heb geen idéé. Dat hebben ze me niet verteld.'

Glenn keek naar zijn moeder, die er helemaal niet uitzag als iemand die geheim werk deed. Hij dacht aan zijn moeders baas.

'Is Vlaar geheim agent?'

Zijn moeder knikte. 'Hij is de baas... Hij is de echte geheim agent. Maar precies weet ik het niet. Ze vertellen mij niks. Wat ik niet weet, kan ik ook niet verklappen, snap je?'

Glenn knikte nadenkend.

'Vlaar doet in elk geval de bewaking.'

'Wij hebben helemaal geen bewaking gezien...' zei Glenn verbaasd.

'Dat wil niet zeggen dat er geen bewaking ís. Niemand komt dat terrein op zonder dat Vlaar het weet.'

Glenn knoopte het in zijn oren. Als ze weer naar De Punt gingen, zouden ze nog voorzichtiger moeten zijn.

Maar die middag ontdekten ze dat het bedrijventerrein weer afgesloten gebied was. Het konijnengangetje dat ze de eerste keer hadden gebruikt, was weg. Volgegoten met cement.

'Vlaar. Mijn moeders baas,' verzuchtte Glenn.

Bram keek naar Sanne. 'Hoe is Jochum dan binnengekomen?'

'Jochum zei dat er een gat in het hek was. Laten we verderop kijken...'

Ze volgden de omheining en even later stonden ze bij het kapot geknipte gaas. Zou Jochum dat gat hebben gemaakt? dacht Glenn. Nee, dat kon hij zich niet voorstellen. Maar ze hadden wel mazzel dat ze het terrein op konden. Zou die insluiper met dat zwarte pak er nog zijn? Kwam Vlaar het hek dadelijk controleren? Hij dacht aan wat zijn moeder had gezegd. Ze moesten voorzichtig zijn.

'We moeten alleen wel een wachtpost hebben, die ons waarschuwt als hij Vlaar ziet,' zei hij tegen Sanne en Bram.

'Yo, en wie wordt de wachtpost?'

'Eh... jij,' zei Glenn tegen Bram. 'Ik moet mijn moeder ompraten en alleen Sanne weet precies wat ze moet zoeken.'

'Ja!' Sanne klonk alsof ze een toverspreuk zei: '*De Griezelbus 10*.'

'Dat is niet eerlijk!' zei Bram.

Glenn grijnsde. 'Nou ben je net je zusje.'

Die opmerking was raak. Bram zuchtte diep. 'Oké, oké... ik ga wel op de uitkijk staan.'

Glenn lachte naar Sanne, maar die zag het niet. Samen, lekker naast elkaar, liepen ze naar het witte gebouw.

Bij de groene deur bleven ze staan. Glenn aarzelde even. Hij keek Sanne aan. Die knikte bemoedigend. Voorzichtig drukte Glenn de toetsen in.

Bram kon het allemaal nog net zien. De groene deur ging open. Sanne en Glenn verdwenen naar binnen. De deur ging weer dicht. Bram zuchtte en leunde tegen een boom. Hij had de pest aan wachten. Jasmijn. Altijd wachten op Jasmijn.

Maar wachten hoefde vandaag niet. Jasmijn kwam eerder dan hij had gewild. Het piepen van haar fietsje was al in de verte hoorbaar. Bram dook weg achter de boom, maar zijn zusje had een soort ingebouwde radar. Ze wist hem altijd te vinden. Ook nu. Ze kwam van haar fietsje en zei: 'Ik zie je heus wel, hoor!'

Met tegenzin kwam Bram tevoorschijn.

'Nou mag ik ook naar binnen, dat had je beloofd!' zei Jasmijn.

'Nee, dat had ik helemaal niet beloofd.' Bram probeerde zo ernstig te klinken als hij kon. 'En het is hier gevaarlijk. Er loopt een inbreker rond.'

'Nou ik ben heus niet bang hoor, als je dat soms dacht.' Jasmijn trok een stoer gezicht.

Bram voelde het al aankomen: hij zou iets goeds moeten bedenken om zijn zusje hier weg te krijgen. 'Maar ik ben wel bang. Je moet naar huis, Jasmijn! Inbrekers... Brrr.' Hij trok een eng gezicht. 'Als ze jóú meenemen...'

Jasmijn begon nu toch wel een beetje bezorgd te kijken. 'Wil jij me dan brengen? Eigenlijk mag ik helemaal niet in mijn eentje zo ver fietsen. Als mama het hoort...'

Blij dat hij zo snel succes had, zei Bram: 'Oké, oké, goed... Maar ik moet wel weer terug. Hé, weet je wat, jij mag op mijn laptop spelletjes doen. Ik zal je mijn wachtwoord geven.' Hij kroop door het gat en bracht zijn zusje naar huis.

Geschrokken stond Glenns moeder in de gang van het witte gebouw. 'Ik had het nog zo gezegd! Dit is verboden terrein! Hoe komen jullie aan de code?'

Het leek Glenn een goed idee geen antwoord te geven. Hij praatte over de vraag heen. 'We willen je alleen maar helpen,' zei hij dus. 'En Bram houdt buiten de wacht.'

Zijn moeder snoof. 'Helpen? Hoe hadden jullie dat bedacht?'

'Nou,' zei Glenn, 'wij gaan meehelpen die dingen van de regering te vinden.'

Zijn moeder schudde vermoeid haar hoofd. 'Ik vind het aardig van jullie. Maar dat gaat helemaal niet. Verdorie! Als Vlaar erachter komt dat de code is uitgelekt... En hoe krijg ik jullie nu weer weg zonder dat hij jullie ziet?' Ze keek echt bezorgd.

Glenn haalde zijn schouders op. 'Net als de vorige keer? Als jij naar huis gaat?' stelde hij voor.

'Dat is een idee,' zei zijn moeder. 'Ja, dat moet dan maar.'

Glenn glimlachte trots en knipoogde naar Sanne. 'Mám, als we hier toch moeten wachten tot je weggaat... mag Sanne dan niet éven kijken of ze *De Griezelbus* kan vinden?'

Zijn moeder slaakte een zucht die zoiets betekende als: oké, ik geef het op.

Even later zat Sanne achter een toetsenbord aan de tafel met de twee computers. Glenns moeder was in haar speciale stoel gaan zitten. Ze liet rijen en rijen codes over het scherm glijden. Het was alsof er een paar emmers met letters waren leeggegoten.

Sanne keek aandachtig toe. 'Wat zijn de tekst eh... tekstcodes... en codedingen?'

'Ik heb net weer van alles geordend,' zei Glenns moeder. 'Alles waar 44 voor staat, zijn teksten. Als je die aanklikt kun je ze lezen. Dat wil zeggen... als ze Nederlands zijn.'

Sanne klikte met haar muis een regel op het grote scherm aan. 'Dat is Engels...' Ze klikte nog een regel aan.

'Mam, hoeveel van die bestanden staan er op het Einde van Internet?' wilde Glenn weten.

'Ach schat, miljoenen. En alles staat door elkaar. Daarom is het zoeken zo'n heidens karwei waar ze mij voor nodig hebben. Ik kan nou eenmaal heel goed zoeken.'

Sanne had een derde regel aangeklikt. Ze hield van opwinding haar adem in. Ze begon te glimmen. 'Hé, kijk! Hier heb ik iets! Kijk nou...'

Glenns moeder wees op een van de computers op de tafel. 'Als je iets vindt, kun je het op die computer dáár opslaan. Dan raakt het niet meer kwijt.' Ze kwam uit haar stoel en wees Sanne een toetsencombinatie aan. 'Kijk en zó kun je het printen.'

Er begon een printer te zoemen. Glenn liep erheen en gaf Sanne het eerste geprinte blaadje.

Sanne liet haar ogen erlangs glijden en zette een voorleesstem op. 'Onnoval staat in de schemerige straat. Dit is de Andere Werkelijkheid, dus achter de deuren van de huizen hoeven niet per se gangen en kamers te liggen.' Ze zuchtte verrukt en keek Glenn opgetogen aan. '*De Griezelbus*! Onnoval! De Andere Werkelijkheid... Dit is een stukje uit *De Griezelbus*.'

Glenn fronste. 'Maar hoe weet je nou dat het uit het verdwenen verhaal komt?'

'Ik ken alle delen van *De Griezelbus* uit mijn hoofd. En dit stukje heb ik nooit eerder gelezen.' Ze las verder en zei toen: 'Dit is nieuw... Dit is een stuk van een nieuw verhaal over Onnoval. We moeten verder zoeken.' Ze liep naar Glenns moeder, die alweer in haar stoel zat en speurde naar de geheimen die de regering kwijt was. 'Kun je zien welke stukjes bij elkaar horen?' vroeg ze.

'Tja,' zei Glenns moeder. 'Dat is nou net het probleem. De ene keer kan dat wel, de andere keer niet. Eh... als je iets via internet verstuurt, wordt dat opgedeeld in pakketjes. Die krijgen allemaal een code... een adres, zeg maar.'

Glenn probeerde het goed te begrijpen, want misschien moest hij het straks aan Bram kunnen uitleggen. 'Een adres? Net als op een brief?'

'Ja, net als op een brief. Zo weten de servers waar de pakketjes heen moeten. Maar net als bij een brief is een adres weleens onleesbaar. Door de stroomstoring is er van alles misgegaan met die adrescodes.'

Glenn keek naar de reusachtige monitor vol computercodes. 'Pf, dus je kunt je suf zoeken...'

Zijn moeder keek mee naar het scherm. 'Ja. Wat denk je dat ik doe? Me suf zoeken.'

Sanne probeerde opgewekt te klinken. 'Nou, dan gaan we weer!'

Het duurde niet lang voor ze echt wist dat ze op de goede weg was. Een kwartier later had ze nog een halve bladzijde van het verdwenen verhaal gevonden.

Glenn zuchtte. Dit ging niet erg opschieten. De *Griezelbus*-boeken waren tenslotte hartstikke dik.

Toen hij even later naar buiten glipte, stond Bram ongeduldig te wachten.

'Yo, nou, ik heb niets gezien... en eh niemand!' riep hij.

'Sanne heeft iets gevonden,' zei Glenn en hij vertelde opgewonden over de stukjes boeken.

'Stil es?' zei Bram halverwege het verhaal. 'Ik zag geloof ik iets bewegen.'

Glenn keek in de richting die Bram aanwees. Hij zag

het nu ook. Een reusachtige zwarte kat? Iemand die gebukt liep?

'Kom mee! Erachteraan.'

De jongens holden. Ze volgden de gedaante. Tenminste, dat hoopten ze. Ze zagen zó veel schaduwen dat ze niet wisten wat ze precies volgden. Ze renden over de verzakte weggetjes, langs kuilen en barsten in het asfalt. Langs grote gebouwen, langs grote en kleine loodsen en stukken waar hoog onkruid groeide.

Glenn wenkte Bram een vervallen loods in. Ze bleven even staan om op adem te komen zonder gezien te worden. Glenn voelde al steken in zijn zij.

Hij keek om een hoekje. 'Zie je wat?' vroeg Bram. Glenn schudde zijn hoofd. 'Effe wachten voor de zekerheid...' hijgde Bram. 'Wie was die gedaante?'

'Ik weet het niet,' zei Glenn. 'Misschien Vlaar... de baas van mijn moeder.'

'Of die inbreker.'

Glenn gluurde weer om het hoekje. Bram keek rond in de loods. Overal lag afval. Hier was zo te zien een timmerwerkplaats geweest. In het midden stond een enorme werkbank. Eronder lag... Bram liep naar de werkbank en bukte.

'Ik denk dat we weer weg kunnen. Durf jij nu nog op de uitkijk te gaan staan?' zei Glenn.

Bram antwoordde niet. Gehurkt bekeek hij een zwarte nylon rugzak. 'Man, kijk nou... Deze ligt hier nog niet zo lang.'

Glenn kwam bij hem staan en keek hoe Bram de tas voorzichtig openmaakte.

Met veel gerinkel rolde er gereedschap uit de tas. Verbaasd keken de jongens naar de spullen: een glassnijder, een koevoet, grote schroevendraaiers, een hamer en een zwarte muts.

'Een inbrekersmuts,' zei Glenn. 'Ik denk dat dit inbrekersspul is...'

'Gauw weer opbergen,' zei Bram geschrokken.

Toen ze bij het witte gebouw terugkwamen, ging de voordeur net achter Sanne en Glenns moeder dicht. Sanne had een paar blaadjes in haar hand. 'Twee hele hoofdstukken!' fluisterde ze enthousiast.

Glenn stak een duim op, maar je kon zien dat hij iets anders belangrijker vond.

'Er rende net een engerd over het terrein. Was dat Vlaar?' zei hij tegen zijn moeder.

'Vlaar, hoe bedoel je? Hij heeft jullie toch niet gezien, hè?'

De jongens schudden hun hoofd.

'We gaan naar huis,' zei zijn moeder. 'Jullie weten het, net als de vorige keer. Nee, geen protest. Doe nou gewoon wat ik vraag.'

De kinderen knikten. Ze wachtten tot Glenns moeder uit het zicht was verdwenen en renden toen naar het gat in het hek.

'Hadden we mijn moeder over die inbrekersspullen

moeten vertellen? Nee, hè? Ze heeft al genoeg aan haar hoofd,' zei Glenn tegen Bram. Hij kreeg geen antwoord. Achter een boom verscheen Vlaar.

5

'Jullie hebben hier niets te zoeken.' Vlaars stem was zo koud als een ijsblokje.

Glenn voelde dat hij begon te beven. Ze waren betrapt... het was voorbij. Omdat hij toch íéts moest zeggen, zei hij: 'Mijn moeder werkt daar.' Hij wees in de richting van het witte gebouw. 'En eh, wij mogen van haar naar binnen.'

'Ik weet wie jij bent. En ik weet ook wie jullie zijn.' Vlaar knikte naar Bram en Sanne. 'En dat is geen excuus om een gat in het hek te maken!'

'N-nee, m-maar dat was iemand anders...' hakkelde Glenn.

Vlaar keek hem duister aan. 'Ja, dat zal wel! Wegwezen hier.' Hij maakte een gebiedend gebaar naar het hek.

De kinderen aarzelden geen moment en holden weg.

Vlaar borg zijn mobieltje op. Met grote passen liep hij naar het portiershokje. Glenns moeder was al bezig het hek open te maken. 'Schiet u al een beetje op?' vroeg hij.

Glenns moeder hield het hangslot in haar hand. 'Het gaat traag, maar dat weet u.'

Vlaar tikte op zijn broekzak, waar zijn mobieltje zat. 'Ik had de minister net aan de lijn. Hij begint ongeduldig te worden. Misschien werkt u minder hard als die kinderen in het gebouw zijn?'

Geschrokken keek Glenns moeder hem aan. 'Hoe weet u dat?' vroeg ze blozend.

'Dat is mijn werk, mevrouw Burke. Maar ik moet even iets met u bespreken.'

'De kinderen hebben op één of andere manier de code ontdekt en...' zei Glenns moeder zenuwachtig.

Vlaar stak zijn hand op. 'We stellen een nieuwe code in voor ons tweeën, mevrouw Burke. De kinderen mogen de oude blijven gebruiken.'

'Bedoelt u...' zei Glenns moeder verbaasd.

Vlaar knikte. 'De kinderen zijn niet de enige indringers. Er is nóg iemand die probeert binnen te komen. Ik kan natuurlijk op jacht gaan, maar het is handiger als die indringer naar me tóe komt. En daar heb ik een plannetje voor. Als de kinderen de code van de deur te weten kunnen komen, kan iemand anders dat ook.'

De drie kinderen stopten bij Sannes huis. Ze hadden gefietst alsof Vlaar hen achternazat. Dat was gelukkig niet zo, maar geschrokken waren ze wel. Glenn vroeg zich af of ze Vlaar over de rugzak hadden moeten vertellen. Sanne was bang dat ze nu niet meer verder mocht zoeken.

Bedrukt gingen ze ieder naar hun eigen huis.

Maar de volgende ochtend, toen Glenn het goede

nieuws bracht, waren ze hun angst voor Vlaar op slag vergeten.

'We mogen het witte gebouw in!' juichte Glenn. 'Zo vaak we willen. Als we ons maar bij Vlaar melden!'

'Dus ik kan...' begon Sanne.

'Ja,' zei Glenn. 'Tenminste als je het zeker weet van die *Griezelbus*.'

'Ik weet het echt zeker. Ik heb er alle delen op nagekeken. Het stuk wat ik gevonden heb komt écht uit het nieuwe boek!'

Bram keek Sanne stoer aan. 'En als die Vlaar vervelend doet, verdedig ik je wel, hoor!'

Glenn snoof en ging op de trappers staan.

Toen school uit was, gingen ze meteen naar De Punt. Ze lieten geen minuut verloren gaan. Wat ze niet merkten, was dat Jasmijn hen achternakwam.

Ze stalden hun fietsen bij het grote bord en liepen naar het hek van het park. Het was op slot. Ze keken elkaar even aan en daarna zette Glenn zijn handen om zijn mond.

'Meneer Vlahaar!'

Toen er ook na de derde keer roepen geen reactie kwam, zei Bram: 'Dan toch maar door het gat?'

'Ja,' zei Sanne. 'We gaan hier niet wachten, hoor.'

Ze begonnen te lopen en waren nog maar net tussen de bomen verdwenen toen Jasmijn eraan kwam.

Ze waren eerder bij het gat dan ze dachten.

'Wat raar,' zei Sanne. 'Dat gat zat eerst toch veel verderop?'

Bram knikte. 'Ja, dat dacht ik ook. Dit is een nieuw gat. Iemand knipt steeds opnieuw gaten in het hek!'

'Nou ja,' zei Glenn. 'We kunnen erin.'

Ze glipten door het stukgeknipte gaas en holden naar het witte gebouw.

Een paar minuten later zat Sanne al op haar eigen plekje en was ze op zoek naar nieuwe stukken van het verdwenen verhaal.

Glenn vroeg voor de zekerheid nog een keer aan zijn moeder of ze echt elke dag naar het Einde van Internet mochten komen.

'Ja, Vlaar vindt het goed dat jullie er zijn, maar hij wil het wel graag weten. Ik vind het dus jammer dat jullie je niet bij hem hebben gemeld.'

'Kunt u hem niet bellen of zo?' vroeg Bram.

Glenns moeder schudde haar hoofd. 'Er is hier geen bereik. Dat is expres zo.'

'Nou ja,' zei Bram, die zich geweldig versprak. 'We hadden toch al afgesproken dat we iemand voor de uitkijk aanwijzen, dus we gaan nog wel even naar Vlaars hokje.'

Glenns moeder keek de jongens verbaasd aan. 'Uitkijk? Waarom?'

Bram werd rood. 'Omdat er iemand... Omdat mijn zusje eh...'

'Jasmijn...' vulde Glenn haastig aan. 'Eh, Bram moet op Jasmijn passen...'

'Ja maar, luister eens even! Wat doet Jasmijn hier in de buurt?' wilde Glenns moeder weten. Het leek de jongens slimmer niet te antwoorden.

Ze liepen haastig naar buiten. Zwijgend gingen ze naar het hokje van Vlaar, maar opeens bleef Bram staan. 'Nee, hè?' verzuchtte hij.

Glenn hoorde het ook: ergens verderop piepte het fietsje van Jasmijn.

De jongens doken weg achter een muurtje en keken wat Jasmijn deed.

Voor een klein meisje was ze best sterk. Ze was door het gat in het hek geglipt en probeerde nu haar fiets naar binnen te krijgen. Het was een hele klus en al snel zat de fiets vast in het gaas. Hoe meer ze trok, hoe vaster de fiets kwam te zitten.

Bram zuchtte en kwam achter het muurtje vandaan. Glenn volgde hem.

'Zie je nou dat je hier niet moet komen! Je maakt overal een zooitje van!' zei Bram.

Jasmijn trok een pruillip. 'Helemaal niet, hoor! Ik wil hier ook spelen.'

Bram en Glenn begonnen de fiets te bevrijden.

'We spelen helemaal niet,' zei Bram. 'We zijn met computers bezig.'

'Ik kan ook op de computer,' zei Jasmijn beledigd.

Daar gingen ze weer! Bram duwde het fietsje naar buiten en zei: 'Dan mag je thuis op de laptop.'

Maar dat wilde Jasmijn niet. 'Ik wil niet in mijn eentje zitten. Dat is heus niet leuk, hoor.'

Het duurde even voor Jasmijn geloofde dat ze echt niets leuks deden. Daarna wilde ze wel door de jongens naar huis worden gebracht. Het melden bij Vlaar moest later maar, besloten Glenn en Bram.

Terwijl Sanne binnen bezig was stukken van het verdwenen verhaal te vinden, gebeurde er buiten iets wat Glenn en Bram heel graag hadden willen zien. Uit de struiken kwam een gedaante tevoorschijn. Een enorme sluipende schaduw, zwart en geheimzinnig.

Uit een zwarte nylon rugzak haalde de gedaante een koevoet tevoorschijn. Op zijn tenen, zonder geluid, ging de zwarte gedaante naar het elektriciteitskastje. Voorzichtig, maar uit alle macht probeerde de gedaante het kastje open te breken.

Sanne haar stoel naar achteren. 'Het is veel te veel!' verzuchtte ze. 'Zo vind ik de andere hoofdstukken nooit...'

'Ja meid, ik weet het,' zei Glenns moeder. 'Het is een enorme klus.'

Op dat moment viel het licht uit en was het op slag aardedonker.

Toen Glenn, Bram en Jasmijn in hun straat kwamen, stapte Jochum net op zijn brommer. Hij wilde wegrijden, maar wachtte toen hij hen zag. Hij wenkte. Bram en Glenn fietsten naar hem toe.

THE MAKING OF

HET
VERDWENEN
VERHAAL

Op een nacht, toen het flink stormde, werd ik gebeld door Bies van Ede. De wind gierde door de telefoon en ik kon Bies nauwelijks verstaan. Hij zei mij dat ik per ongeluk in een verhaal van hem terecht was gekomen. Toen ging er bij mij een belletje rinkelen.

De laatste dagen had ik namelijk vreemde dingen gemerkt: onwerkelijke geluiden uit mijn computer, stroomuitval waardoor lappen tekst waren verdwenen, mensen op straat die mij raar aankeken, jeuk op vreemde plekken, zwarte vogels die langs het raam van mijn werkkamer fladderden...

Signalen die ik niet begreep. Tot nu.

'Mooie boel!' zei ik, terwijl de wind door de telefoon huilde.

'Sorry,' hoorde ik Bies nog ergens ver weg roepen. Een bliksemschicht verlichtte knetterend mijn kamer, toen werd de verbinding verbroken.

De lijn was dood.

Sindsdien heb ik Bies van Ede niet meer gesproken.

In elk geval was er niets meer aan te doen, wist ik. Als je eenmaal in een verhaal zit, is er geen weg terug meer. Dan kun je alleen nog maar hopen dat het goed afloopt...

Paul van Loon

Welke rol speel je? Glenn.

Had je al ervaring met acteren voor je aan deze televisiefilm begon? Nee, ik heb alleen gespeeld in het eindtoneelstuk van de lagere school.

Hoe ben je aan de rol gekomen? Ik ben gevraagd om auditie te doen. Iemand dacht dat ik wel zou passen in de rol van Glenn.

Wat vind je het leukst aan acteren? Dat je in de huid van iemand anders kruipt.

Is acteren moeilijk? Ja, als je niet de juiste gezichtsuitdrukking hebt of niet echt geïnteresseerd bent, gaat het moeilijk. Als het goed gaat, is acteren niet moeilijk.

Welke scène vond je het leukst om te spelen en waarom? De scène waarin ik met Zilla vecht. Ik moest haar met de anderen in de houdgreep nemen. Dat was spannend.

Welke scène vond je het minst leuk om te doen en waarom? Er waren geen scènes die ik niet leuk vond om te doen.

Wil je later acteur worden of ga je wat anders doen? Als acteren tussendoor kan, dus in combinatie met school, lijkt het me heel tof!

In welke film zou je graag een keer willen spelen? En welke rol zou je dan willen hebben? In een actie- of avonturenfilm zoals *Lord of the Rings*! En dan natuurlijk de hoofdrol spelen.

Kijk je zelf veel naar (televisie)films? Best wel!

Heb je nog acteertips? Veel lol hebben in wat je doet en goed luisteren naar wat de regisseur zegt. Dan gaat het vanzelf!

MICHENDE VAN ZOELEN, 14 JAAR

DEES PELLENS, 13 JAAR

Welke rol speel je? Sanne.

Had je al ervaring met acteren voor je aan deze televisiefilm begon? Ja, ik heb al een aantal leuke dingen mogen doen, zoals spelen in de musical *Kunt u mij de weg naar Hamelen vertellen, meneer?*. En ik heb een aantal gastrolletjes gehad in tv-series zoals *Evelien*, *Gooische Vrouwen*, *Deadline* en het *Sinterklaasjournaal*. Ook heb ik een keer in een commercial gespeeld, en in de film *Het paard van Sinterklaas*. Daarin had ik een piepklein gastrolletje, hoor. Verder ben ik ook stemactrice. Dat wil zeggen dat ik stemmen voor tv-series en films inspreek.

Hoe ben je aan de rol gekomen? Ik werd door een castingbureau gevraagd om auditie te komen doen.

Wat vind je het leukst aan acteren? Dat je in een rol heel iemand anders kunt spelen dan je eigenlijk zelf bent, en dat dan zo natuurlijk mogelijk doen. En ik vind het altijd ontzettend gezellig op de set. Iedereen – de hele cast en crew – werkt hard om er iets moois van te maken.

Is acteren moeilijk? Soms, als je grote lappen moeilijke tekst hebt. Als het dan over moet, moet je weer dat hele stuk doen. Dat kan lastig zijn.

Welke scène vond je het leukst om te spelen en waarom? De scène waarin Bram, Glenn en Sanne met Zilla moeten vechten. Het was zóóó grappig!

Welke scène vond je het minst leuk om te doen en waarom? Er was niet één scène die ik niet leuk vond!

Wil je later acteur worden of ga je wat anders doen?

Ik weet nog niet precies wat ik wil gaan doen, maar er zijn wel een paar beroepen die ik zou willen kiezen, en daar zit acteren ook bij.

In welke film zou je graag een keer willen spelen? En welke rol zou je dan willen hebben?

Ik wil graag nog eens één van de hoofdrollen spelen in een Carry Slee-film. Die vind ik echt gaaf. De boeken en de films zijn super!

Kijk je zelf veel naar (televisie)films?

Ja, het liefst elke dag!

Heb je nog acteertips?

Probeer zo natuurlijk mogelijk over te komen en probeer niet om de tekst 'op te zeggen'. Probeer je ook zoveel mogelijk in de rol in te leven. En je moet alleen willen acteren als je het echt leuk vindt, want als het niet echt is, zie je dat altijd terug op het scherm.

BOET MEIJERS, 11 JAAR

Welke rol speel je? Bram.

Had je al ervaring met acteren voor je aan deze televisiefilm begon? Een beetje. Ik heb een tijdje musicallessen gehad en ik heb in *Nachtegaal en zonen* gefigureerd.

Hoe ben je aan de rol gekomen? Via school. Ze hadden heel snel twee acteurs nodig en toen mocht ik auditie doen.

Wat vind je het leukst aan acteren? Je helemaal inleven in een ander en even iemand anders kunnen zijn.

Is acteren moeilijk? Ja, vaak wel, omdat je geloofwaardig moet overkomen. En soms is het moeilijk om te bedenken hoe je karakter zich voelt en hoe je iets moet zeggen.

Welke scène vond je het leukst om te spelen en waarom? De vechtscène met Zilla vond ik het leukst, omdat het heel spectaculair was.

Welke scène vond je het minst leuk om te doen en waarom? De scène in het oude gebouwtje. Ik had geen tekst, het moest heel vaak opnieuw en ik moest steeds lang wachten.

Wil je later acteur worden of ga je wat anders doen? Nee, ik wil journalist worden, of digital designer (animaties maken).

In welke film zou je graag een keer willen spelen? En welke rol zou je dan willen hebben? In een magische avonturenfilm, zoals *Lord of the Rings*. Daarin had ik wel Legolas of Frodo willen spelen.

Kijk je zelf veel naar (televisie)films? Ja!

Heb je nog acteertips? Blijf in je rol, kijk niet in de camera, praat duidelijk en niet te snel en heb er vooral plezier in!

Welke rol speel je? Jochum.

Had je al ervaring met acteren voor je aan deze televisiefilm begon? Ja, ik heb op school aan acht musicals meegedaan. En ik heb ook een paar reclamespotjes op tv gedaan. Onder andere voor Karvan Cévitam en een Postbus 51-filmpje over veiligheid met Piet Römer als Baantjer.

Hoe ben je aan de rol gekomen?
Via Moederannecasting.

Wat vind je het leukst aan acteren?
Dat je iemand anders kunt zijn.

Is acteren moeilijk? Soms.

Welke scène vond je het leukst om te spelen en waarom? Alle scènes met mijn brommertje, want dat was lachen.

Welke scène vond je het minst leuk om te doen en waarom? Dat ik mijn levels had gevonden, want ik vond het moeilijk om heel blij te spelen.

Wil je later acteur worden of ga je wat anders doen? Weet ik nog niet.

In welke film zou je graag een keer willen spelen? En welke rol zou je dan willen hebben? In een Harry Potter-film en dan de rol van Harry.

Kijk je zelf veel naar (televisie)films?
Valt wel mee.

Heb je nog acteertips? Niet te goed je tekst leren, dan komt het natuurlijker over.

JASPER MEULBLOK, 15 JAAR

Welke rol speel je? Jasmijn.

Had je al ervaring met acteren voor je aan deze televisiefilm begon? Ja, ik heb in *Vanwege de vis* gespeeld. En ik speel ook Floortje in *Lynn*, een andere televisiefilm die tegelijk met *Het verdwenen verhaal* werd opgenomen.

Hoe ben je aan de rol gekomen? Ik ben uitgekozen omdat ik best goed kan acteren, maar de regisseur vond mijn fiets volgens mij ook heel leuk!

Wat vind je het leukst aan acteren? Dat ik steeds iemand anders mag zijn en steeds iets moet doen wat ik dan ook echt mag doen. En het is leuk dat ik heel ondeugend mag zijn.

Is acteren moeilijk? Ja, want je moet het steeds opnieuw doen en dan vergeet je soms wat.

Welke scène vond je het leukst om te spelen en waarom? Die met Vlaar, de politieagent, toen ik vertelde dat Bram, Sanne en Glenn onder het hek door gingen.

Welke scène vond je het minst leuk om te doen en waarom? Geen een!

Wil je later acteur worden of ga je wat anders doen? Ik word later acteur en moeder en turnjuf en schooljuf en regisseur.

In welke film zou je graag een keer willen spelen? En welke rol zou je dan willen hebben? Als er een film wordt gemaakt van *Belle en het Beest* wil ik wel graag Belle spelen. Maar dan moet ik wel eerst groter worden, of het Beest moet kleiner worden. Dat kan natuurlijk ook.

Kijk je zelf veel naar (televisie)films? Ja, erg veel. Vooral naar tekenfilms.

Heb je nog acteertips? Ja, je moet niet verlegen zijn, in jezelf geloven en je best doen.

EZRA DAVITA MOL, 6 JAAR

SCENARIO, BIES VAN EDE

scenarioschrijver en kinderboekenauteur

Daniël Maissan

Hoe ben je op het idee gekomen van *Het verdwenen verhaal?*
Jaren geleden, toen internet nog niet zo lang bestond, dacht ik: als iets een begin heeft, is er ook een einde. Zou internet ook een einde hebben? Zo bedacht ik dat er aan het einde van internet een enorme filter was, waarin alles terechtkomt wat op het net is zoekgeraakt. Je zou er halve liedjes, verhalen, foto's of filmpjes in kunnen vinden. Met veel gepuzzel kon je die stukjes en beetjes weer in elkaar zetten. Het einde van internet was dus een soort puzzelsite. Jarenlang zat dat bedenksel in mijn mapje 'ideetjes'. Toen werd ik gevraagd om een tv-serie te schrijven die te maken had met hoe je verhalen moet schrijven, schoot dit idee me direct weer te binnen.

Hoe kom je aan je hoofdpersonages? Zijn ze verzonnen of lijken ze op mensen die je kent?
De personages zijn volkomen verzonnen. Je hebt een verhaal en je bedenkt wie je allemaal nodig hebt om te zorgen dat je het verhaal goed kunt vertellen. Zo kom je dus op karakters die je kunt gebruiken. Ieder karakter doet wat nodig is om het verhaal tot een goed einde te brengen.

Hoe kies je de namen van je personages?
Ik kies namen die ik leuk vind klinken, of, als het om duistere types gaat, namen die ik geheimzinnig vind klinken. Een bakkerij bij ons in de stad heet Vlaar. Ik heb het altijd een spannende naam gevonden. Iets tussen 'vlaai' en 'gevaar' in.

Hoe zorg je ervoor dat het verhaal spannend wordt?

Pffft, dat is héél moeilijk uit te leggen. Je moet de kijker laten geloven dat wat hij ziet écht is en je moet hem laten meeleven met de hoofdpersonen. De kijker wil óók weten wat er aan de hand is en het liefst net iets meer weten dan de hoofdpersonen. Het is dan spannend om te zien of je als kijker écht slimmer bent dan de hoofdpersonen. Verder moet je voor de kijker ook steeds een klein tipje van de sluier oplichten. Steeds een heel klein beetje iets van de plot verklappen en belangrijke dingen juist niét verklappen.

Wat vindt Paul van Loon ervan dat je hem en zijn *Griezelbus*-serie in het verhaal hebt geschreven?

Halverwege het schrijven van het scenario dacht ik dat het nog veel echter zou zijn als een bestaande schrijver zijn verhaal op internet kwijtraakte. Het liefst een beroemde schrijver. De kijkers zouden dan, dacht ik, nog meer meeleven. Paul is een vriend van me, dus ik vroeg hem of ik zijn naam mocht gebruiken en of hij dan ook een gastrolletje in de tv-serie wilde spelen. Paul vond het wel een grappig idee. Hij vond dat het verdwenen boek de titel *De Griezelbus 10* moest krijgen, omdat hij dat boek nog láng niet gaat schrijven. Het mocht ook allemaal niet té echt worden. We wilden geen panische *Griezelbus*-fans.

Je hebt niet alleen het scenario geschreven, maar ook het boek. Wat is volgens jou het belangrijkste verschil tussen het schrijven van een scenario en een boek?

In een scenario kun je de personages niet laten denken, want gedachten kun je niet laten zien. De acteurs moeten alles wat ze denken, voelen of vinden hardop uitspreken, of door hun houding of gezichtsuitdrukking duidelijk maken. In een scenario hoef je niet op te schrijven wat de karakters dóén, want dat kun je allemaal zien. De omgeving hoef je ook niet te beschrijven, want die zié je. In een boek moet je opschrijven wat de personages doen en kun je ze van alles laten denken. Je moet ook vertellen hoe alles in het verhaal eruitziet. Het verschil is dat ik in een boek zelf de regisseur ben. Ik maak de plaatjes, ik laat de acteurs doen wat ze doen moeten. Bij een tv-serie kiest de regisseur de plaatjes en stuurt hij de acteurs aan.

Weet je van tevoren hoe het verhaal gaat aflopen als je begint met schrijven?

Bij een boek meestal niet. Bij een tv-serie is dat anders. Dan moet je alles van tevoren vastleggen omdat er zoveel mensen aan meewerken. Er moet geweldig veel worden geregeld voordat je echt kunt gaan filmen. Je kunt niet opeens zeggen: ik doe het helemaal anders. Bij een serie bemoeien zich bovendien heel veel mensen met je verhaal. Die willen allemaal dat er met hun mening rekening wordt gehouden. Kortom: het is teamwork en niemand is blij met verrassingen.

Wat vind je leuker: een scenario schrijven of een boek? En waarom?

Het is allebei even leuk, al ben je bij een scenario veel minder je eigen baas. In een boek ben ík degene die alles beslist. Een scenario is teamwork en omdat ik geen idee heb hoe de regisseur alles in beeld brengt en hoe de acteurs acteren, is het eindresultaat voor mij een verrassing: ik weet dan wel hoe het afloopt, maar ik heb geen idee hoe het eruit komt te zien.

Moet je goed zijn in taal om een scenario of boek te kunnen schrijven?

Nee, dat hoeft helemaal niet. Je moet gewoon een spannend verhaal kunnen bedenken. Het is wel handig als je hele zinnen kunt schrijven, maar er zijn dyslectische schrijvers zat. Eerst een mooi, spannend, lief of verdrietig verhaal. De rest komt later wel.

Heb je nog tips voor jonge schrijvers?

Een heel simpele: lees je suf. Hoe meer je leest, hoe meer je ziet hoe schrijvers verhalen in elkaar zetten en welke trucs ze gebruiken. Als je dat eenmaal weet, kun je het zelf gaan proberen. Tip 1a is dan natuurlijk: schrijf je suf. Het is net als met zwemmen of voetballen: hoe meer je traint, hoe beter je wordt.

WIL JE ZELF EEN SPANNEND VERHAAL SCHRIJVEN?

HIERONDER VIND JE EEN PAAR TIPS:

1. Bedenk **personages** voor je verhaal. Je hebt een hoofdpersoon nodig, een of meer bijpersonen (die je hoofdpersoon helpen) en een schurk (die je hoofdpersoon tegenwerkt).

2. Bedenk **het verhaal**: wat wil je hoofdpersoon en wat moet hij of zij doen om dat voor elkaar te krijgen? Op welke manier probeert je schurk de held in zijn plannen te dwarsbomen? En hoe helpen je bijpersonen de hoofdpersoon?

3. Als je je (hoofd)personages hebt uitgewerkt en weet wat hun rol in het verhaal is, is het tijd voor het uitwerken van je **plot** (verhaallijn).

4. Maak een **begin** met je verhaal: introduceer je hoofdpersoon en de bijpersonen en vertel in welke omgeving je verhaal zich afspeelt.

5. Als je iedereen hebt geïntroduceerd, is het tijd voor actie! Verzin een **spannende gebeurtenis**, iets wat je hoofdpersoon meemaakt.

6. Nu kun je de **spanning opbouwen**. Beschrijf de verschillende gebeurtenissen die je (hoofd)personen meemaken. Maak de gebeurtenissen steeds spannender.

7. Dan kom je bij de **climax**, het hoogtepunt van je verhaal. Nu wordt het echt spannend! De schurk en je hoofdpersoon nemen het tegen elkaar op.

8. De **afwikkeling**: het verhaal gaat nu supersnel verder. Wordt de schurk verslagen? Slaagt je hoofdpersoon in zijn missie?

9. Het **einde**: hoe gaat het verder met je hoofdpersoon na zijn avontuur? En wat is er met de schurk gebeurd?

Extra tip: eindig je hoofdstuk met een spannende gebeurtenis! Wedden dat de lezer dan meteen verder wil met het volgende hoofdstuk? Dit wordt ook wel een cliffhanger genoemd.

Kijk voor meer schrijftips in *Jonge schrijvers*, dat Teleac samen met stichting Sardes heeft ontwikkeld: www.sardes.nl en wwwschooltv.nl.

REGISSEUR MARTIN HAMILTON

Wat doet een regisseur precies?

Voordat er een film of tv-serie wordt gemaakt, wordt er natuurlijk eerst een verhaal bedacht en geschreven. Een regisseur zorgt ervoor dat het geschreven verhaal wordt veranderd in een mooi 'beeldverhaal'. Hij zorgt ervoor dat de zinnen in het verhaal veranderen in beelden die je kunt zien… op tv of in de bioscoop.

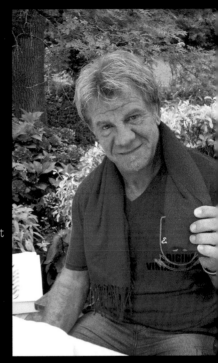

© Esther D⟩

Maakt het uit of je een film regisseert voor televisie of voor de bioscoop?

Een bioscoopfilm kost bijna altijd meer geld, omdat er meer 'spullen' (bijvoorbeeld meer licht) worden gebruikt en er meer mensen aan meewerken. Een bioscoopfilm wordt ook nog vaak op echte celluloidfilm 'geschoten' en niet 'digitaal'. Bovendien krijgt de regisseur voor het maken van een film vaak meer tijd.

Hoe was het om met de jonge hoofdrolspelers samen te werken?

Erg leuk. Omdat ze allemaal nog zo jong zijn, kun je ze als regisseur veel leren. En doordat we tijdens de opnames zoveel en zo goed hebben samengewerkt, zijn we eigenlijk een beetje vrienden geworden.

Heb je een speciale opleiding moeten volgen om regisseur te worden?

Ik heb wel een speciale opleiding gevolgd, maar er zijn ook wel regisseurs die dit niet doen. Zij leren het vak door bijvoorbeeld veel met een regisseur samen te werken. Of door eerst een tijdje als regieassistent te werken.

Kijk je zelf veel naar (televisie)films?

Ik ga regelmatig naar een film kijken in de bioscoop en ik kijk ook wel naar een goede film op tv.

Wat vind je een goede film? En waarom?

Films met een goed verhaal of superkomische films vind ik bijna altijd goede films. Een verhaal is goed als ik er later nog over loop te denken en er met anderen over praat. Ik hou niet zo van actiefilms, alhoewel ik die soms wel bekijk, omdat ze vaak zo knap zijn gemaakt.

Wat vind je een slechte film? En waarom?

Een film met slechte acteurs kijk ik nooit helemaal uit, omdat ik het verhaal niet geloof en me ga vervelen.

Wat is het leukste aan regisseren?

Ik vind regisseren leuk, omdat je bezig bent met het maken of bedenken van een film, of een serie zoals *Het verdwenen verhaal*. Regisseur is een creatief beroep en veel creatieve beroepen vind ik

leuk. Ik hou ook van schilderen
en van beeldhouwen. Ik hou
ervan om iets te bedenken
en te maken. Ik had ook wel
beeldhouwer of schilder willen
worden.

**Wat vind je minder leuk
aan regisseren?**
Soms lukt het niet om het
verhaal ook precies zo te
maken als je hebt bedacht.
Het kan zijn dat het
verhaalidee te duur is, of
misschien te ingewikkeld.
Maar soms komt het ook
doordat de acteurs het verhaal
niet zo goed spelen als je had
verwacht. Als je daar tijdens
de opnames achter komt, is
regisseren niet zo leuk.

**Heb je nog tips voor jonge
regisseurs?**
Ik heb zelf veel verhalen
geschreven. Daardoor gaat
regisseren makkelijker. Dus
schrijven is denk ik een goede
oefening voor een regisseur.
Maar ook zelf acteren kan een
regisseur helpen. Doordat ik
zelf als acteur in toneelstukken
en in tv-series meespeelde,
kon ik later als regisseur beter
de acteurs begeleiden en
begrijpen.

DE CAST

Michende van Zoelen	Glenn
Dees Pellens	Sanne
Boet Meijers	Bram
Jasper Meulblok	Jochum
Ezra Davita Mol	Jasmijn
Romana Vrede	mevrouw Burke
Guus Dam	Vlaar
Clara Bovenberg	Zilla
Paul van Loon	Paul van Loon
Jurre Bosman	nieuwslezer
Marianne Hielkema	werkster
Liliane Brakema	onderwijzeres

DE CREW

Regie	Martin Hamilton
Regie-assistente	Lindy Delmee
Script	Bies van Ede
Projectleider	Jeanny Duijf
Producer	Iwan Beernink
Producer	Annelies van Erp
Redacteur	Jørgen Hofmans
Eerste camera	Paul de Jong
Tweede camera	Stephanie Schipper
Geluid	Boy van Hattum
Licht	Falco van Hussen
Setdresser	Wim de Jong
Visagie	Thea Colenbrander
Kinderbegeleiding en kleding	Mila Croese
Runner en catering	Hans Spin
Video-editing	Sonja ten Boom
Vormgeving fotokatern	Hannah Weis
Foto's	© Teleac
Fotografen	Iwan Beernink en Annelies van Erp

Ik had nooit gedacht dat *De Griezelbus 10* zou verschijnen. Dankzij Glenn, Sanne, Bram en Jochum is h[...] manuscript gered. Hartelijk dank daarvoor. Maar... intuss[...] vraag ik me nog steeds af of *De Griezelbus 10* ooit echt za[...] verschijnen. Want een tv-seri[...] is toch wel iets anders dan de werkelijkheid. Wat denk jij, lezer van dit boek?

Groetjes,
Paul van Loon

'Zoekt je verkering nog steeds naar dat boek?' vroeg Jochum met een grijns aan Bram.

'Ik heb geen verkering met Sanne,' zei Bram.

'Maar hij is wél op haar! En Glenn ook!' riep Jasmijn pesterig.

Bram keek haar kwaad aan en ze hield gauw haar mond.

Jochum grinnikte, maar was toen meteen weer ernstig. 'Mijn gamelevels, weet je wel? Ik wil ze terug. Als Sanne het niet voor me doet, ga ik zelf zoeken.'

Glenn voelde een knoop in zijn maag. 'Dat kan je helemaal niet,' zei hij haastig. 'Ik bedoel, alles ligt door elkaar en het zijn alleen maar codes. Je kunt helemaal niet zien wat e-mails of mp3's zijn of zo.'

Jochum snoof. 'Natuurlijk wel. Je kunt er in elk geval achter komen waar iets vandaan komt.'

'Huh?' zei Bram.

Jochum stapte van zijn brommer. 'Kom maar even mee. Zal ik het laten zien.'

Op het bedrijventerrein probeerde de zwarte gedaante de deur van het witte gebouw open te wrikken. Er was geen beweging in te krijgen. Woedend gaf ze een klap tegen het bordje met knoppen en ging er toen vandoor.

Al die tijd had Vlaar achter een struik gelegen. Hij had foto's gemaakt.

Binnen waren intussen noodlampjes aangegaan. Glenns moeders probeerde de grote computer weer aan de praat te krijgen. Ze tikte als een razende allerlei opdrachten, maar het scherm bleef zwart. Er gebeurde niets.

'Nou, daar zitten we dan!' Ze zakte achterover in haar stoel.

'Is alles nou wéér weg?' vroeg Sanne wanhopig. 'Zijn alle harde schijven nou wéér gewist?'

'Ik weet het niet... Dit mag helemaal niet kunnen. De stroom kán hier helemaal niet uitvallen. Dit is geen ongelukje, Sanne... Ik hoop dat Vlaar kan helpen.'

Bij Sanne en Jochum thuis werkte de stroom gewoon. Jochum zat achter zijn pc. Het was een monster met zeven speakers en een groot scherm.

'Kijk,' zei hij. Hij tikte iets in en er verscheen een scherm met cijfers en Engelse teksten. 'Dat is je IP-adres. Dat stuur je mee als je een e-mail wegstuurt. Maar ook als je gewoon een website bekijkt. Elke computer heeft een eigen IP-adres. Het is zeg maar, het huisadres van de computer.'

Glenn snapte het meteen. 'Dus mensen kunnen zien op welke website ik ben geweest en in welke straat mijn computer staat?'

Jochum knikte. 'Als je weet hoe dat moet, wel.'

Bram wilde niet voor zijn vriendje onder doen. Hij begreep het óók. 'Dus... als jij je gamelevels zoekt... hoef je alleen maar te zoeken naar dat eh... adres. Alles met jouw eh...'

'IP-adres.' Jochum knikte. 'Ja, alles waar mijn IP-adres bij staat, komt van mijn computer.'

Bram keek enthousiast naar Glenn. 'Dat moeten we Sanne vertellen. Dan heeft ze *De Griezelbus* zó bij elkaar gevonden!'

'Ho ho,' zei Jochum. 'Maar dan wil ik in ruil voor deze info mijn levels zoeken!'

Glenn twijfelde. 'We kunnen het proberen,' zei hij langzaam.

'En ik wil óók mee!' dreinde Jasmijn.

Glenn keek smekend naar Bram. Die snapte het met-een. Je zag hem denken: kleine zusjes, grr! 'Oké, oké... Om Sanne te helpen, dan,' mompelde hij. En tegen Jasmijn zei hij: 'Wij gaan samen leuk een spelletje doen op mijn laptop.'

Glenn moest flink trappen om Jochums brommer bij te houden. Hij was nog nooit zo snel bij De Punt geweest.

Toen fiets en brommer waren geparkeerd, wees Glenn naar het portiershokje. 'Daar zit die Vlaar.'

Jochum keek. 'Ziet er verlaten uit.'

'Dat moet juist,' legde Glenn uit. 'Kom mee, ik weet hoe we naar binnen moeten. Vlaar kan jou beter niet zien.'

Ze holden langs het hek naar de plek waar het gaas was doorgeknipt. Ze glipten erdoor en haastten zich het terrein over.

Maar vlak voor ze bij het witte gebouw waren, klonk opeens Sannes stem. 'Pst, hier!'

Ze bleven staan en keken opzij. Sanne stond achter een loods en wenkte hen.

'Vlaar is bij het Einde van Internet! De stroom viel weer uit. Ik ben gauw weggegaan, want ik wou niet dat hij míj de schuld gaf.'

Ze volgden Sanne langs de muur van de loods en keken om een ander hoekje. Ze hadden nu goed zicht op Vlaar. De norse man was bezig met iets in het elektriciteitskastje.

'Stroom uitgevallen?' zei Jochum. 'Raar. Daar hebben wij thuis helemaal niks van gemerkt. Bij ons deed de stroom het gewoon.'

Sanne keek hem wanhopig aan. 'Ik had net weer een heel stuk van het boek bij elkaar. Ben ik dat nou weer kwijt?'

Jochum schudde zijn hoofd. 'Met een beetje mazzel niet, hoor. Maar dat zou ik zelf moeten zien. Ik weet niet wat er stuk is gegaan.'

'We kunnen net zo goed naar huis gaan,' zei Glenn. 'Vlaar laat jou er toch niet in.'

Jochum rolde met zijn ogen. 'Dat heb ik weer...'

'Nou, ik net zo goed, hoor!' kaatste Sanne terug.

Ze slopen weg.

Toen Glenns moeder thuiskwam, zaten ze allemaal in de huiskamer. De tv stond aan, maar niemand keek. Bram hield een oogje op Jasmijn, die buiten wat heen en weer fietste.

'Wat zitten jullie er stil bij,' zei Glenns moeder.

Glenn vroeg wat iedereen wilde weten. 'Is alles nu weer gemaakt? Doet het Einde van Internet het weer?'

Zijn moeder zakte op de bank neer. 'Ik hoop het. Vlaar was nog bezig toen ik wegging. Hij was niet in een al te beste bui.'

'Mogen we nou nooit meer bij u komen zoeken?' vroeg Sanne bezorgd.

'Vlaar zegt dat er een aanslag op het Einde van Internet is gepleegd. Het hele elektriciteitskastje is beschadigd.'

'De tas! De tas in de loods!' zei Bram.

Glenns moeder keek hem verbaasd aan.

'Ja, natuurlijk!' zei Glenn en toen moest hij het uitleggen.

Toen hij klaar was, stond zijn moeder op. 'Dat moet je me laten zien.'

Glenn knikte. En natuurlijk wilden de anderen mee.

Een kwartiertje later stonden ze in de lege loods. De rugzak lag op de grote werktafel.

'Kun je hier een elektriciteitskastje mee vernielen?' vroeg Glenn.

Zijn moeder fronste. 'Dat is iets wat Vlaar moet uitzoeken. Ik weet ook eigenlijk niet of we... Misschien moeten we Vlaar gewoon even waarschuwen.'

'Nee, want hij geeft ons overal de schuld van,' zei Bram geschrokken.

'Maar hij komt er wel toch wel achter.' zei Glenns moeder. 'In elk geval: goed werk, jongens.'

'En er is iemand die steeds gaten in het hek knipt,' zei Sanne. Ze vond dat ze nu maar alles eerlijk moesten vertellen.

Tot verbazing van alle drie zei Glenns moeder: 'Ja, dat had Vlaar ook al gemerkt. Er is een indringer.'

Sanne versprak zich bijna. 'Een inbréker, zegt Joch... Eh, denken wij.' Ze werd vuurrood.

Glenns moeder keek haar onderzoekend aan. 'Dat hebben jullie heel goed gedacht.'

Ze keek weer naar de spullen in de zwarte rugzak.

'Maar waarom wil iemand inbreken in het park en de stroom vernielen? Wie doet dat nou?' vroeg Bram zich hardop af.

Glenns moeder schudde haar hoofd. 'Als we dát wisten... Er zijn honderden mensen die graag eens op ons scherm zouden kijken. Dat begrijpen jullie misschien wel.'

Bram grijnsde. 'Ik weet het! Het is Paul van Loon die zijn boek terug wil! Geintje.'

Maar niemand lachte.

'Oké, jongens. Jullie gaan weer gauw naar huis. Ik zal Vlaar toch maar waarschuwen,' zei Glenns moeder.

Toen de kinderen door het gat in het hek waren verdwenen, liep ze naar het witte gebouw. Vlaar was er bezig het elektriciteitskastje dicht te schroeven.

'Heel goed, mevrouw Burke,' zei Vlaar toen hij alles

had gehoord. 'Onze ongewenste vriend komt steeds een stapje dichterbij.'

'Ik heb er geen prettig gevoel bij. Die inbreker is wel erg fanatiek,' zei Glenns moeder.

Vlaar keek haar ernstig aan. 'En dat is het mooie. Hij zal blijven komen, net zo lang tot wij alles hebben geregeld om hem te grijpen. De kinderen gebruiken de oude code nog, hè?'

'Ja...'

'Mooi. En hoe eerder u hebt gevonden wat de minister kwijt is, hoe eerder alles weer gewoon is. Ik zou dus zeggen: doe extra uw best.'

Die avond zaten ze op de kamer van Jochum. Sanne zat achter het toetsenbord. Ze was naar de site van Paul van Loon gesurft. Daar kon je berichtjes aan de schrijver achterlaten. Sanne begon te tikken.

Beste Paul van Loon,

Ben je nog steeds je boek kwijt? Wij kunnen je misschien wel helpen.
Geef je snel antwoord?

Groetjes van Sanne de Bakker

Sanne drukte op de knop Verzenden.

'Nou ik ben benieuwd of hij blij is en zo,' zei Bram.

Glenn was er niet zo zeker van dat dit ging werken. 'Misschien leest hij zijn mail helemaal nooit,' zei hij twijfelend.

'Vast wel.' Sanne keek hem overtuigd aan. 'Hij staat toch ook op Hyves?'

Er klonk een pingetje. Onderaan op het scherm knipperde een envelopje. Er was mail!

Haastig klikte Sanne het icoontje aan. Paul van Loon was sneller dan ze ooit hadden kunnen denken. Maar ze vergiste zich.

Dank je wel voor je mailtje. Paul leest alle post, maar heeft het te druk om iedereen te antwoorden. Dit is een automatisch bericht zodat je weet dat je mailtje in elk geval is aangekomen.

Hartelijke groeten,
de webmaster

Ze was diep teleurgesteld. Een automatisch antwoord! Paul van Loon had het mailtje nog helemaal niet gelezen...

6

Later die avond was Vlaar nog in zijn hokje bezig. Hij had mappen opengeslagen voor zich liggen. De tas met inbrekersspullen lag naast hem. Hij bekeek de foto's van het kapotte hek.

Glenn en zijn moeder zaten thuis op de bank. Ze keken naar het journaal, maar letten niet erg op.

'Mam... hoe komt het dat jij bent gevraagd voor het Einde van Internet?'

Glenns moeder trok een rimpel in haar voorhoofd. 'Tja... hoe moet ik dat nou uitleggen... Toen ik op de bibliotheekschool zat, ontdekte ik dat ik heel goed was in het kraken van codes. Het is een soort talent. Ik weet niet precies wat het is. Ik zie gewoon eerder wat bij elkaar hoort dan andere mensen.'

'O ja.' Glenn knikte. 'Je hielp mij altijd met ingewikkelde legpuzzels, dat weet ik nog wel.'

'Precies, nou dát is het ongeveer: ik kan goed puzzelen. Hoe dan ook, heel af en toe vroeg de regering me om hulp. Dan kwam ik een dagje puzzelen. De laatste keer is al jaren geleden, maar ze waren me dus niet vergeten. Na de stroomuitval stond Vlaar op de stoep.'

Er was nog iets wat Glenn dwarszat. 'Is Vlaar de baas van de geheime dienst? En waarom mochten wij nou opeens wél naar binnen?'

Zijn moeder haalde haar schouders op. 'Hij is wel een hoge Piet. Hij kan zomaar met minister Woudseinde bellen. En jullie mogen binnen omdat eh... jullie hebben geholpen met het vinden van die inbrekerstas, bijvoorbeeld.'

'Denk je dat het gevaarlijk wordt? Met die gatenknipper en zo?' Glenn kreeg geen antwoord op zijn vraag. De nieuwslezer trok zijn moeders aandacht.

'In Rotterdam heeft een grote stroomstoring voor veel overlast gezorgd.'

'Even luisteren,' zei ze.

'Er zijn de laatste weken vaak storingen in het stroomnet,' las de nieuwsman. 'De grootste storing zorgde ook voor veel vernielde computers. Hoe dat kan is nog steeds niet bekend. Waarom de stroom vanmiddag in Rotterdam uitviel weet ook nog niemand.'

Glenn en zijn moeder keken elkaar aan.

'Zou het weer gebeuren? Zouden er weer harde schijven worden gewist?' vroeg Glenn zich hardop af.

'Dan is mijn werk voorlopig nog niet klaar,' zei zijn moeder.

Die nacht was het op De Punt allesbehalve rustig. Vlaar liep zijn ronde. Het licht van zijn zaklamp maakte vreemde schaduwen. Nachtbeestjes scharrelden haastig weg. Ergens riep een uil.

Vlaar had de rugzak met inbrekersspullen weer in de loods gelegd. Niet om de inbreker te helpen, maar als lokaas. Het leek te werken. Hij was nog niet weg of er verscheen een schaduw. In het aardedonker ging de insluiper op de tast naar de werktafel. Hij vond de tas en sloop ervandoor. Terwijl Vlaar met zijn zaklamp het hek controleerde, was de gedaante bezig bij het witte gebouw.

De volgende ochtend toen de zon opging, werd duidelijk wat de insluiper had gedaan. Met zijn gereedschap had hij geprobeerd binnen te komen. Er zaten diepe krassen op de groene deur. Er zaten deuken in het luik op de grond. De ramen hadden butsen. Het glas was niet gebroken, daar was het te sterk voor. Maar wat de indringer wilde, was nu wel erg duidelijk: naar binnen. Geen twijfel mogelijk.

Vlaar was bij zijn portiershokje. Een grote zwarte auto stond er met draaiende motor te wachten. Door een kier in het achterraampje was net een stukje van een gezicht te zien.

Vlaar had zich naar het raampje gebogen. 'Ja, minister. We werken hard aan een oplossing van het probleem,' zei hij beleefd. 'Ja, ik heb een val gezet voor de inbreker... Ik weet zeker dat we hem kunnen lokken.'

Wat de man achter in de zwarte auto zei, was niet te

horen. Het raampje schoof omhoog. Vlaar deed een stap naar achteren en keek hoe de auto zachtjes wegreed.

Om kwart voor vier, toen de kinderen bij het witte gebouw kwamen, was de schade al gerepareerd. Glenn toetste de code in en ze gingen naar binnen. Sanne was klaar voor een nieuwe zoektocht.

Maar van zoeken zou weinig komen. Het grote scherm was zwart. In de kast knipperde niet één lichtje. De kinderen wisten het al voordat Glenns moeder iets zei: er was iets mis.

'Jongens, ik zeg het maar meteen,' zei Glenns moeder. 'Vannacht heeft iemand geprobeerd hier binnen te komen. Dat is niet gelukt. Maar wat nog veel erger is: de computers starten niet meer goed op.'

'Zijn ze stukgegaan omdat het stroomkastje kapot was?' vroeg Bram.

Glenns moeder schudde haar hoofd. 'Dat weet ik niet. Vlaar is er ook nog niet achter. Maar het zou heel goed kunnen.'

'Yo, het was natuurlijk de gatenknipper. Die heeft ook het stroomkastje stukgemaakt,' stelde Bram vast.

'Dat denken we wel, ja.'

'En *De Griezelbus*? Enne, de geheimen van de regering die u aan het zoeken was?' Sanne keek naar het scherm alsof het een vriendin was die haar in de steek had gelaten.

'Tja, we kunnen nu nergens meer bij... de computers liggen plat. Ze starten op en stoppen er dan weer mee,' zei Glenns moeder.

'Dan is het maar goed dat Paul van Loon je mailtje nog niet heeft gelezen...' probeerde Glenn Sanne te troosten. Het hielp niet erg.

'Maar kan Vlaar de computers niet aan krijgen?' vroeg Sanne. Het klonk alsof ze in huilen kon uitbarsten.

Glenns moeder zuchtte. 'Vlaar is geen expert in computers. En ik weet veel van puzzelen, maar dan houdt het wel op. Van computerprogramma's zelf heb ik weinig verstand.'

'Jochum!' riep Sanne uit. 'Jochum heeft verstand van computers! Jochum kan ons wel helpen!'

'Jochum? O nee. Geen sprake van. Dat júllie weten wat hier gebeurt, is al meer dan genoeg,' zei Glenns moeder vastberaden.

Sanne begon te blozen en Glenn en Bram keken elkaar ongemakkelijk aan.

Glenns moeder begreep het direct. 'O nee, hè? Jongens! Doe me een plezier! Jullie gaan me toch niet vertellen dat...'

Het was zinloos om erover te liegen.

'Jochum heeft ons afgeluisterd,' zei Glenn. 'We wisten niet dat hij ons kon horen, mam.'

'Ja, dat moest er nog bij komen! Hoe konden jullie dat nou doen?! Nu kunnen we het wel vergeten. Een geheim project waar de hele straat van af weet kun je niet meer geheim noemen, hè?' Glenns moeder was nu echt kwaad. Zo hadden ze haar nog niet eerder gezien.

Sanne hielp Glenn. 'Maar Jochum is al zijn gamelevels kwijt.'

Glenns moeder was niet onder de indruk. 'Als Jochum het weet, wie weet het dan nog meer?'

'Niemand,' zei Sanne verlegen. 'Jochum houdt heus zijn mond wel.'

Glenns moeder snoof. 'Ja... jullie hadden ook beloofd je mond te houden. Misschien heeft Jochum het óók wel doorverteld. Misschien is die inbreker ons zo wel op het spoor gekomen.'

'Dat is niet eerlijk, mam!' Glenn werd nu ook boos.

Zijn moeder bedaarde wat. 'Ja, nou sorry hoor! Jullie begrijpen toch wel dat ik geschrokken ben? Nu moet ik dit allemaal aan Vlaar gaan vertellen.'

Bram had een idee. 'Als Jochum ons helpt, is Vlaar misschien wel blij. Dan mogen we misschien verder zoeken.'

Sanne knikte. 'En u moet toch ook nog iets vinden?'

Glenns moeder zuchtte. Haar boosheid zakte gelukkig weer. 'Ik zal Vlaar toch alles moeten vertellen.'

'Dus Jochum mag niet komen?' vroeg Sanne teleurgesteld.

Glenns moeder ging met haar hand door haar haren. Ze dacht na en zei toen: 'Ach, haal hem maar. Misschien kan hij iets doen voordat Vlaar besluit wat er gaat gebeuren.'

'Je kunt toch ook niks zeggen?' bedacht Glenn.

'Schat...' zei zijn moeder.

'Ik ga Jochum halen,' zei Sanne snel. Ze wilde niet wachten tot Glenns moeder zich bedacht.

'Wij lopen wel even met je mee,' zei Bram.

Bij het hek zei Sanne. 'Blijven jullie maar hier. Kijk even goed rond. Misschien heeft de inbreker sporen achtergelaten. Ik haal Jochum wel. Ik weet zeker dat hij ons kan helpen. Hij heeft tenslotte ook al uitgelegd hoe ik snel naar stukken van *De Griezelbus* kan zoeken.' Ze glipte door het gat in het hek en holde naar haar fiets.

In de straat reed Jasmijn verveeld op haar fietsje. Een mevrouw met een zonnige zomerjurk bleef op de stoep staan en bekeek haar. Jasmijn zag het niet. Ze was te boos, omdat de grote kinderen haar alleen hadden gelaten.

'Zeg meisje...' zei de vrouw in de zomerjurk.

Jasmijn hoorde haar niet. Ze zag Sanne ineens aankomen en begon te zwaaien. Piepend reed ze op haar af. De vrouw in de zomerjurk zag Sanne ook. Ze leek even te schrikken. Toen draaide ze zich om en wandelde haastig de straat uit. Sanne en Jasmijn letten niet op haar.

'Waar is mijn broer?' vroeg Jasmijn toen ze naast Sanne was gestopt. 'Er is helemaal niks te doen. Niemand is buiten en ik verveel me,' zei ze verdrietig.

Sanne had een beetje medelijden met haar, maar er waren nu belangrijker dingen. Daarom glimlachte ze alleen maar en knikte. Toen zette ze haar fiets bij de voortuin neer en liep naar binnen.

Jochum zat in zijn kamer achter de pc.

'Wat is er?' vroeg hij toen Sanne haar hoofd om de deur stak.

'Je mag mee naar het bedrijvenpark.'

Jochum kwam overeind. 'Oké, vet! Te gek. Hoe heb je dat voor elkaar gekregen?'

'Er is iets met de computers. Kun jij ons helpen?'

Jochum keek haar aan met een blik die zei: ik kan alles.

Hij liep achter Sanne aan naar beneden en haalde zijn brommer uit de schuur.

Jasmijn stond nog op de stoep te wachten.

'Mag ik óók mee?' smeekte ze. 'Ik ben nog niet één keertje met jullie mee geweest.'

'Dat kan niet, Jasmijn,' zei Sanne. 'We zijn niet aan het spelen of zo. We zijn met heel belangrijke dingen bezig.'

Jasmijn liet zich niet uit het veld slaan. 'Ik wil óók belangrijke dingen. Het is helemaal niet eerlijk! En Bram is ook stom.'

'Je kunt over een poosje weer met ons spelen,' beloofde Sanne.

Jochum startte zijn brommer.

Jasmijn werd nu echt boos. 'Ik wil nú! En anders ga ik gewoon lekker in mijn eentje en dan krijgt Bram op zijn kop,' dreigde ze.

Sanne verzon snel iets. 'Hé, ik zal het tegen Bram zeggen. Dan komt hij je misschien wel ophalen.'

'Ik wil niet misschíén!' Jasmijns mond was een boos streepje.

Jochum had er genoeg van. Hij gaf gas en reed weg. Sanne fietste haastig achter hem aan.

'Ik ga het gewoon lekker allemaal vertellen!' hoorde ze Jasmijn nog roepen.

Jochum keek zijn ogen uit toen hij het witte gebouw vanbinnen zag. Hij keek vol verbazing naar de kast met lampjes en het enorme scherm. Het verhaal van Glenns moeder vond hij geweldig. 'Komt hier álles terecht wat op internet is kwijtgeraakt? Alles?'

Glenns moeder knikte.

'Dan snap ik best dat dat geheim moet blijven,' zei Jochum. 'Hier kun je dus alles van iedereen vinden! Nummers van pinpassen... creditcards... Niet gek dat iemand probeert in te breken. Je kunt hier rijk worden! Nou, zal ik dan maar eens kijken of ik iets kan vinden?'

Glenns moeder zuchtte. 'Erger kan het niet worden... denk ik.'

Jochum ging in de speciale stoel zitten en liet zijn vingers over de toetsen dansen. Hij schoof met de muis en klikte, hij tikte codes in en las mompelend wat er op het scherm kwam te staan.

Een kwartier lang was hij aandachtig bezig. Toen zakte hij achterover in de stoel. 'Dit klopt niet. Dit is heel vreemd,' zei hij peinzend.

'Wat heb je gevonden?' vroeg Glenns moeder.

'Hm... ik weet bijna zeker dat... Wacht even...' Hij begon weer te tikken. 'Weet u wat ik zie?' vroeg hij.

'Ja, codes,' zei Glenns moeder terwijl ze las. 'Ik zie dat ze bij elkaar horen. Dit is een computerprogramma, lijkt me.'

'Ja, klopt. Wacht nu even...' Jochum typte weer iets. 'Zo... als ik dit stukje code weghaal...'

Het grote scherm knipperde een paar keer en kwam tot leven.

'Doet hij het nou weer? Kan ik weer gaan zoeken?' riep Sanne opgewonden.

'Eh... o ja... ja, jij kunt wel weer zoeken,' zei Jochum afwezig. 'Alles werkt weer. Maar er is iets heel geks.' Hij tuurde aandachtig naar het scherm.

Sanne wachtte niet op wat er zo gek was. Ze ging op haar eigen plekje zitten. Bram en Glenn kwamen bij haar staan. Tot Sannes grote opluchting stond alles wat ze had gevonden gewoon nog op de harde schijf. Ze kon verder waar ze was gebleven.

Maar Jochum en Glenns moeder waren minder blij.

'Hier kun je zien wat er allemaal op de computers binnenkomt...' zei Jochum en hij verschoof de muis. 'En hier zie je dat... Hier, kijk... dit lijkt op een mailtje dat wordt verstuurd, maar dat ís geen mailtje.'

In de lijst met binnengekomen berichten stond er één met een vreemde naam. Cijfers en letters die niets betekenden. Jochum klikte erop. Het mailtje ging niet open.

Het kreeg een andere naam. Glenns moeder keek met open mond toe.

'Kijk,' zei Jochum. 'We kunnen dit niet lezen op de gewone manier. Maar met dit programmaatje kan het wel.' Hij klikte een ander icoontje aan. Er ging een venster open. Jochum sleepte het vreemde mailtje erin. Meteen veranderde het van naam. Jochem opende het. Wat er in het mailtje stond, was geen Nederlands. Het was geen taal. Het was een code.

'Dit is een programma dat probeert in te breken,' legde Jochum uit. 'Zodra het Einde van Internet opstart, probeert het programma binnen te komen. En als dat niet lukt, start het de computers opnieuw op en probeert het wéér. Steeds weer. Daarom sloegen de computers bij het opstarten steeds af.'

Glenns moeder schudde haar hoofd zó hevig, dat haar haren dansten. 'Dat kán helemaal niet. Het Einde van Internet is perfect beschermd.'

'Ja,' zei Jochum, 'klopt. Het programma kan steeds niet verder.'

Glenns moeder streek over haar voorhoofd. 'Dat betekent dat er iemand is die weet dat het Einde van Internet bestaat. Een hacker die probeert binnen te komen.'

Jochum knikte.

'Als Vlaar dit hoort... Dit is echt het einde van het Einde van Internet!' zei Glenns moeder somber.

Sanne, Bram en Glenn waren nog steeds met hun eigen zoektocht bezig. Sanne muisde over het scherm en zei:

'Jochum heeft gelijk! Zie je... hier zijn allemaal stukjes die van één adres komen.'

Op de monitor stond een hele rij bestanden. Ze hadden allemaal dezelfde begincijfers.

'Dit zijn allemaal dezelfde stukken verhaal. Dit zijn allemaal stukjes *Griezelbus*!' riep ze opgetogen.

'Wauw! Heel veel! Misschien wel alles!' zei Glenn.

Bram wees naar het scherm. 'En wat is dat dan?'

Sanne klikte de regel aan met haar muis. Op het scherm verscheen een stukje e-mail.

Mijn harde schijf is gewist. Ik hoop dat jij mijn Griezelbus 10 binnen hebt gekregen. Want als dat niet zo is... ben ik mijn hele boek kwijt waar ik zes jaar aan heb geschreven.

Groeten, Paul

'Dat is een mailtje van Paul van Loon aan zijn uitgeverij! Nu hebben we zijn echte e-mailadres!' zei Sanne ademloos.

Jochum en Glenns moeder keken intussen nog steeds naar het grote scherm.

'Het moet wel een héél goeie hacker zijn...' zei Jochum.

Glenns moeder beet op haar onderlip. 'Vlaar had dus gelijk met zijn indringer. Inbraken... stroomstoringen... Al deze computers die plat liggen...'

Sanne keerde zich naar het grote scherm. 'Ik kan Paul van Loon nu dus echt een mailtje sturen.' Haar ogen straalden. Wat een geweldig idee. Zomaar mailen met een beroemde schrijver...

Glenns moeder kwam bij hen staan.

'Maar niet vanaf deze computer,' zei ze vastbesloten. 'Dat kan echt niet, Sanne. Dat moet je thuis doen.'

Dus die avond thuis tikte Sanne een berichtje voor Paul van Loon terwijl Bram en Glenn meekeken.

Beste Paul van Loon,

We hebben uw boek gevonden. Denken we. We sturen je er een stukje van mee. Wil je alsjeblieft antwoorden als dit echt je Griezelbus 10 *is?*

Groetjes van Sanne

De vrouw in de zomerjurk zat achter een computer en tuurde naar het scherm. Rijen cijfers rolden voorbij. Van wat ze zag werd ze niet blij. Integendeel. Voor zo'n vriendelijk uitziende vrouw werd ze behoorlijk kwaad. Ze sloeg met haar vuist op tafel en smeet haar muis weg.

Toen ze opstond en de kamer uit liep, veegde ze bijna een stapel kleren op de grond. Een zwarte maillot, een zwarte broek, een zwarte trui en een zwarte muts...

7

Natuurlijk waren de kinderen de volgende dag weer in het witte gebouw. Sanne wilde vaart maken. Nu ze het mailtje had gestuurd, moest ze natuurlijk ook wel écht met iets komen. Ze was bovendien nog steeds bang dat Vlaar van gedachten veranderde en hen zou wegsturen. Dat Vlaar heel andere plannen had, wist ze natuurlijk niet. Ze hadden er alle drie geen idee van dat Vlaar hen gebruikte voor een plannetje. Vlaar hield minister Woudseinde steeds op de hoogte van wat de kinderen deden. Hij belde hem elke dag.

Glenns moeder wist ook wat Vlaar van plan was, maar zij hield haar mond.

Jochum was die middag ook meegekomen. Hij probeerde uit te zoeken wie een aanval op het Einde van Internet had gedaan. Hij zat in de speciale stoel en keek strak naar het scherm.

Bram en Glenn stonden bij Sanne.

'Kijk! Alwéér een stuk *Griezelbus*! Het gaat goed!' Sanne sloeg een stukje boek op de harde schijf op.

'Hoeveel heb je nu?' vroeg Glenn.

'Meer dan honderd bladzijden,' zei Sanne trots. 'Het gaat goed.'

Bram keek haar smeltend aan en vroeg poeslief: 'Wil je me voorlezen?'

Ja, hoor, dacht Glenn. Daar gaan we weer. En hij zei pesterig: 'Voorlezen doen we later wel, als je naar bedje moet.'

Jochum wenkte Glenns moeder. 'Komt u eens kijken? Iemand heeft geprobeerd het wachtwoord van het systeem te kraken.'

Glenn kwam er ook bij staan. 'Kun je uitzoeken wie het was? Je kunt het IP-adres toch zien?' Hij was Jochums uitleg nog niet vergeten.

Jochum schudde zijn hoofd. 'Was het maar waar. Nee, deze inbreker zorgt dat hij helemaal geheim blijft.'

Hij liet een rij getallen over het scherm glijden. 'Kijk... daar... daar is iets bezig het wachtwoord te raden...'

'Die cijfers daar?' vroeg Glenn ongelovig.

Jochum knikte. 'Het is een programmaatje. Hackers gebruiken het. Het programma gaat alle cijfers en letters af.'

'Kunnen we echt niet zien wie dit aan het doen is?' vroeg Glenns moeder.

'Nee...' zei Jochum spijtig. 'Daar zijn hackers heel slim in. Die laten geen sporen achter.'

Glenns moeder streek door haar haren. 'Het Einde van Internet is goed beveiligd, dat wéét ik, maar deze hacker komt wel erg ver. Ik ga Vlaar waarschuwen.'

'Ho ho,' zei Jochum geschrokken. 'Mag ik nog wel eerst mijn gamelevels zoeken?'

'En het laatste stuk van *De Griezelbus*!' vulde Sanne aan. 'Ik heb al een mailtje verstuurd naar Paul van Loon!'

'Jongens, vergeet niet dat jullie dit voor de lol doen! Voor mij is dit geen spelletje.' Glenns moeder keek hen ernstig aan.

'Voor mij zijn gamelevels ook geen spelletje,' zei Jochum en hij grinnikte om zijn eigen grapje.

'Het is heel belangrijk dat we *De Griezelbus* redden,' zei Sanne.

'Maar de regering zal daar anders over denken. Ik ga Vlaar halen.' Glenns moeder liep de gang op. De buitendeur ging open en weer dicht.

'Waarom belt ze hem niet gewoon?' vroeg Jochum.

'Kan niet. Er kan niets ín het gebouw en er kan niets úít,' legde Glenn uit.

'Dan heb ik mooi nog even de tijd om mijn levels te redden,' besloot Jochum. Hij haalde een cd-r uit zijn binnenzak en stopte hem in de pc waar Sanne aan had gewerkt.

'Mag dat wel?' vroeg Bram bezorgd.

'Ik doe het toch stiekem?' zei Jochum slim.

Hij liep terug naar de speciale stoel en drukte een paar toetsen in. Op het scherm verschoven allerlei cijfers. 'Zo... goed... waar moet ik zijn...' mompelde Jochum.

Jasmijn reed slingerend door de straat. Ze verveelde zich kapot. Ze was behoorlijk kwaad op Glenn en Sanne en helemaal op haar broer. Een mevrouw in een vrolijke zomerjurk bleef op de stoeprand staan. Toen Jasmijn langs haar fietste, zei ze vriendelijk: 'Ben je helemaal alleen?' Haar stem was als een vrolijk vlindertje dat door de lucht dwarrelt.

Jasmijn remde en knikte.

'Wat ongezellig voor je,' zei de mevrouw. 'Heb je geen vriendjes om mee te spelen?'

Jasmijn schudde haar hoofd.

'Maar toch wel een broertje? Ik zie je weleens met hem naar school gaan. Wil hij niet met je spelen?' Je kon horen dat ze medelijden had. Jasmijn vond haar meteen erg aardig.

'Kom, hoe heet je broertje ook alweer?' vroeg de mevrouw.

'Bram,' zei Jasmijn behulpzaam.

'O ja... tuurlijk. En jij bent Tanja, hè?'

Jasmijn vond haar heel dom, maar nog steeds aardig. 'Neehee, Jasmijn.'

'Waarom wil Bram niet met je spelen?' vroeg de mevrouw.

Even later zaten ze naast elkaar op de stoeprand te kletsen. Jasmijn vertelde hoe oneerlijk iedereen tegen haar deed. 'En Jochum is ook stom,' zei ze. 'Want hij mag wél naar binnen.'

De mevrouw was het met haar eens. 'Ja, dat is niet eerlijk. Ik snap dat jij ook weleens in dat witte gebouw wilt kijken. Waarom mag dat eigenlijk niet?'

'Omdat ik te klein ben! Stom!' zei Jasmijn verontwaardigd.

'Ja. Heel stom,' beaamde de mevrouw. 'En wat staat daar nou precies voor computer?'

'Willen ze niet verklappen,' mokte Jasmijn.

'Misschien weet ik iets om je te troosten,' zei de mevrouw lief.

Jochum had niet veel tijd nodig gehad. 'Yes! Vet! Dat zijn ze! Kijk nou! Mijn levels! Meteen branden...'

'En help je me dan met het zoeken van *De Griezelbus*?' vroeg zijn zus.

Er klonk geluid van buiten. De deur ging open en ze hoorden een zacht schuivend geluid. Het ingewikkelde slot werd zorgvuldig dichtgedaan. Ze waren alle vier stil. Was Vlaar meegekomen? Was dit het einde van alles? Gelukkig was het alleen Glenns moeder, maar ze had geen vrolijke boodschap.

'Vlaar neemt contact op met het hoofdkantoor. Jullie moeten nu weg.'

'Maar ik ben bijna klaar met zoeken!' zei Sanne met een klein stemmetje.

'Het spijt me, Sanne. Er zijn nu belangrijkere dingen,' zei Glenns moeder. Je kon zien dat ze vastbesloten was.

Glenn schoot Sanne te hulp. 'Dat is niet eerlijk, mam!

Vlaar heeft zelf gezegd dat we mochten zoeken. En Sanne heeft Paul van Loon al gemaild!'

Zijn moeder hief haar handen in de lucht. 'Het spijt me, maar nu is alles anders. Er worden aanvallen op de computer uitgevoerd. Het is menens, jongens.'

'Mogen de stukken die Sanne heeft gevonden op een cd'tje?' vroeg Jochum. 'Er zit al een schijfje in de brander.'

Glenns moeder dacht even na en knikte toen. 'Nou vooruit, maar doe het snel. Vlaar kan elk moment komen.'

Jochum grijnsde en drukte op een knop.

Even later fietsten de vier naar huis. Jasmijn was nergens te bekennen. Bram was er blij om. Wat hij niet wist, was dat zijn zusje met een vreemde vrouw mee was. Ze zaten voor een snackbar. Jasmijn had een patatje gekozen, een kroket en een milkshake. Jasmijn was in een feestbui. Ze kletste honderduit. Over haar broer, over Glenn en Sanne. Over Jochum en over het witte gebouw. De mevrouw in de zomerjurk luisterde vol aandacht.

Jochum liet Glenn, Bram en Sanne zijn kamer in. Hij haalde zijn computer uit de slaapstand en pakte het cd'tje uit de zak van zijn jack. 'Mijn levels en jouw hoofdstukken,' zei hij met een tevreden grijns tegen Sanne. Hij stopte het cd'tje in de drive. Het startte automatisch.

Het leek of zijn monitor op slag in brand stond. Grote

knipperende rode letters riepen MOGELIJK VIRUS GEVONDEN.

Verbaasd keken ze naar het scherm. Ook Jochum geloofde zijn ogen niet.

'Krijg nou wat! Hoe kan dát nou?'

'Komt dat door dat schijfje?' vroeg Glenn.

'Al sla je me dood.' Jochum ging zitten. Hij haalde het schijfje uit de drive en sloot het venster op zijn scherm.

Sanne had het idee dat de hele wereld haar wilde pesten. 'Kun je het nu niet gebruiken? Zijn we nu wéér alles kwijt?'

'Ik moet het eerst uitzoeken. Geen paniek,' zei haar broer. Hij laadde het schijfje opnieuw. Nu liet hij het niet automatisch afspelen. Hij opende een venster en bekeek de bestanden op de cd.

Bram boog zich voorover en las mee. 'Alles staat er wél op...' zei hij.

Jochum knikte. 'Ja... en nou ga ik even graven.'

Hij klikte met zijn muis en een nieuw venster ging open. 'Aha... hebbes. Kijk daar es?'

Jochum ging met de muis naar een bestandje. Het had geen naam, alleen een rij cijfers. Het was een getal dat ze niet eens konden uitspreken: 7120151826912121.

'Dit is een heel rare code,' zei Jochum bedachtzaam. 'Mijn gamelevels beginnen allemaal met 112 en de stukken *Griezelbus* hebben allemaal 44 als begincijfers... Ik heb dit bestand niet op de schijf gezet.'

'Hoe komt het er dan?' wilde Bram weten.

'En dat is nou de grote vraag. Die ga ik maar eens aan een paar vrienden stellen die er verstand van hebben.'

Jochum opende msn en begon als een razende te typen. Na een minuut of wat schoof hij zijn stoel naar achteren.

'Een computerworm,' zei hij.

'Wat doet een computerworm?' vroeg zijn zus.

Jochum legde zijn armen in zijn nek. 'Dat kan van alles zijn. Eh... een worm komt met een mailtje mee je computer in. Het zoekt wachtwoorden, je pincode, of het nummer van je creditcard. Die gegevens stuurt de worm terug naar zijn maker.'

'O ja,' zei Bram. 'Is dat dan ook zo'n programma dat de baas over je computer wordt?'

Jochum knikte. 'Is óók nog mogelijk. Dan kan de maker jouw computer op een afstand bedienen. Of via jouw computer spam versturen zonder dat je het zelf weet.'

'Hoe kan dat nou?' vroeg Glenn. 'Je hebt toch alleen maar je gamelevels en de stukken *Griezelbus* op dat schijfje gezet?'

'Ja, en dat betekent...' zei Jochum nadenkend.

'Dat het Einde van Internet besmet is! Die worm zit daar óók!' riep Glenn geschrokken.

'Yep.' Jochum knikte. 'Ik zou het maar aan je moeder gaan melden, Glenn. Ik kom straks, ik moet nog wat uitzoeken.'

De kinderen denderden de trap af en pakten hun fietsen. Op dat moment kwam Jasmijn op haar piepende fiets de straat in. Ze had een beker milkshake in haar hand.

Bram reed naar haar toe. 'Hoe kom je daaraan?'

'Van een heel aardige mevrouw gekregen,' zei Jasmijn tevreden.

'Je mag niks van vreemden aannemen!'

Jasmijn keek haar grote broer stralend aan. 'Maar deze was heel aardig. En morgen gaan we samen naar De Punt. En dan mag ik lekker ook een keer naar binnen. Ik weet de geheime cijfers heus wel, hoor!'

'Jasmijn!' riep Bram wanhopig. Wat had zijn kleine zusje nú weer gedaan?

'Eigen schuld. Hadden jullie me maar mee moeten nemen.' Jasmijn zoog aan het rietje in haar milkshake.

'Kom op, we moeten gaan!' riep Glenn.

'Ik wil óók mee!' zei Jasmijn met een mond vol milkshake.

Bram keek haar alleen maar kwaad aan. Hij keerde zijn fiets en reed met Glenn en Sanne mee.

Voor het eerst konden ze door de poort het bedrijvenpark op. Vlaar stond bij het portiershokje.

'Meneer Vlaar, we hebben iets ontdekt! Iets heel ergs!' riep Glenn door het hek heen.

En Bram vulde aan: 'Mijn zusje heeft aan iemand verklapt dat het Einde van Internet bestaat. En ze komt morgen met die vrouw hierheen.'

Vlaar was naar de poort toe gelopen en maakte het hangslot open.

'Zo, dat is goed om te weten.'

'En er is nog iets. Maar dat moeten we mijn moeder vertellen,' zei Glenn.

Ze reden hun fietsen door de poort die direct weer dichtging en op slot.

'Ik wil héél graag horen wat jullie je moeder hebben te vertellen,' zei Vlaar. 'Kom maar mee.'

De kinderen keken elkaar vragend aan en liepen achter hem aan.

'Een wormvirus in de computer... Dat zou helemaal niet moeten kunnen.' Glenns moeder keek Vlaar bezorgd aan.

Vlaar liet zijn blik over het grote scherm gaan. 'Onze ongewenste vriend is nog beter dan ik al dacht. Ik moet mijn bazen waarschuwen.'

'U bent zelf toch de baas?' vroeg Glenn.

Vlaar schudde zijn hoofd. 'Ik ben bang van niet. Ik krijg bevelen van de minister.'

'Spannend!' zei Sanne. 'De minister... welke?'

'Dat doet er niet toe. Waar het om gaat, is dat onze geheime missie is mislukt,' zei Vlaar. Hij klonk allesbehalve blij.

'Van geheim is weinig terechtgekomen,' zei Glenns moeder.

'Precies, mevrouw Burke. En daar zal de minister niet blij mee zijn. U hebt ons zeer teleurgesteld.'

Glenn ging voor zijn moeder staan. 'Dat is niet eerlijk!

Het is niet mijn moeders schuld dat haar geheim ontdekt is.'

Vlaar schudde zijn hoofd. 'Een groepje schoolkinderen dat een complete operatie laat mislukken...'

'Het is nog niet mislukt,' zei Glenns moeder haastig. 'Ik heb de stukken voor de regering bijna bij elkaar.'

'Mevrouw Burke! De kinderen vertellen net dat er morgen een ongewenste bezoeker meekomt met het zusje van Bram. Het geheim van het Einde van Internet ligt op straat! Voor je het weet staat hier een legertje journalisten!' Vlaar gooide zijn armen in de lucht.

'Als ik nog even verder kan zoeken, heb ik alles op tijd gevonden. Dan hoeft niemand te weten dat er een paar dingetjes zijn misgegaan,' hield Glenns moeder vol.

Er klonk een toon van een elektrisch belletje. Iedereen was op slag stil.

'Iemand heeft de code van de deur ingetikt,' zei Glenns moeder fluisterend.

'Dat is Jochum.' Sanne fluisterde ook.

Vlaar keek Glenns moeder even strak aan. 'Of iemand anders. Ik ga wel kijken.' Hij liep de gang in.

'Waarom gaat de deur niet vanzelf open?' vroeg Glenn. Ook hij fluisterde maar voor de zekerheid.

Zijn moeder schudde haar hoofd. 'Als ik binnenkom, gaat de deur op de knip. Dan kan het slot niet meer open als je de code intikt, maar gaat er een belletje. Dan doe ik zelf open. Aan het signaal kan ik horen welke code er is ingetikt.'

Sanne had gelijk gehad. Ze hoorden de deur open- en dichtgaan en daar verscheen Jochum. Hij was rood van opwinding.

'Ik heb iets ontdekt! Ik weet hoe de bouwer van het wormvirus heet. Ik heb de cijfercode van dat programmaatje op de cd gekraakt. Het heet Gatorzilla. Zilla is een schuilnaam voor iemand die erg gevaarlijke programma's maakt.'

'Goed,' zei Vlaar. 'Dat is het dan. Afgelopen, uit. Ik geloof dat het tijd wordt om de kinderen te vertellen wat we van plan zijn.'

Vlaar ging op de rand van de tafel zitten. Hij keek de kinderen ernstig aan. 'Een inbreker die zó brutaal is en die zó ver in onze computer weet te komen, is levensgevaarlijk,' zei hij. 'Je kunt twee dingen doen: hem opjagen om hem te vangen, of hem lokken en dan gevangennemen.'

'Wij mogen helpen hem weg te jagen!' Bram voelde zich opeens of hij in een spionagefilm zat.

Vlaar glimlachte kort. 'Jullie helpen al. Maar niet met wegjagen of opjagen.'

'Met wat dan wel?' vroeg Glenn.

'Met lokken. En ik zal jullie vertellen wat jullie nu moeten doen...'

De kinderen fietsten naar huis. Glenns moeder zat weer in haar speciale stoel. Vlaar keek met haar mee naar het grote scherm.

Rijen en rijen cijfers rolden voorbij. Een normaal mens zou er niets van begrijpen. Maar Glenns moeder was geen normaal mens. Ze zette het scherm af en toe even stil. Dan klikte ze een rij cijfers aan en sleepte ze weg.

'Wacht even...' zei ze tegen zichzelf toen ze het scherm voor de tiende keer stilzette. 'Ja... ja, dit moet het laatste stukje zijn... Ja!'

In Vlaars stem klonk opwinding. 'Compleet?' vroeg hij.

'Dit is het! Ik heb het laatste stukje gevonden!' zei Glenns moeder trots. 'De puzzel is compleet!'

'Dat is een hele opluchting, mevrouw Burke. De minister zal tevreden zijn.'

'Gelukkig net op tijd.' Glenns moeder wreef in haar handen. 'Sjongejonge! Wat een opluchting.'

'Gefeliciteerd, mevrouw Burke.' Het klonk of Vlaar het echt meende. 'Dan zit uw taak erop. We hoeven nu alleen nog maar te ontdekken wie zoveel moeite doet om hier binnen te komen.'

Glenns moeder keek naar de tafel waar Sanne al die dagen had gezeten. 'Ik vind het wel zielig voor Sanne. Zij heeft haar boek nog steeds niet compleet.'

Vlaar klonk weer streng als altijd. 'Met wat die kinderen willen heb ik niets te maken. Mevrouw Burke, ik stel voor dat u de computers afsluit. Dan kunnen we ons klaarmaken voor morgenmiddag.'

Even later liep hij het witte gebouw uit. Glenns moeder sloot de deur achter hem en Vlaar pakte zijn mobiel.

'Ja... Vlaar hier... Geef de minister door dat de missie is geslaagd. De documenten zijn gevonden...'

Binnen deed Glenns moeder de grote computer niet meteen uit. Ze schoof een cd-r in de brander. Ze ging achter het toetsenbord zitten en begon haastig te typen. 'Bekijk het maar, Vlaar,' mompelde ze. 'Ik heb een beloning verdiend, vind ik. Ik heb wél iets te maken met wat de kinderen willen.'

8

De volgende dag verzamelden de kinderen zich voor Glenns huis. Ze hadden zwemtassen achter op hun fiets.

Jasmijn was eindelijk een keer niet jaloers. Ze wilde niet mee naar het zwembad. Ze had een afspraak met de mevrouw in de zomerjurk. Vandaag ging ze het witte gebouw in. Eindelijk.

'Je weet niet eens hoe je naar binnen moet!' zei Bram pesterig.

'Welles hoor!' antwoordde Jasmijn trots.

'Nou, vertel dan?'

'Ik weet het heus wel,' zei Jasmijn.

'Je moet op vier drukken,' zei Glenn behulpzaam.

Jasmijn lachte. 'Haha, lekker niet! Op één en vijf!'

'Niet. Fout!' zei Bram. Hij keek Sanne en Glenn even aan.

'Welles,' hield Jasmijn vol. 'Twee keer één en drie keer vijf.'

De kinderen keken elkaar aan. Jasmijn wist het dus echt.

'En hoe weet je dat van de geheime code?' vroeg Glenn.

'Gezien op het filmpje op Jochums mobiel.'

Sanne slaakte een zucht. 'Stom van ons.'

'Dus ik heb lekker gelijk!' zei Jasmijn.

Bram knikte. 'Ja, je hebt gelijk.'

'Ik wil een andere keer ook mee naar het zwembad,' zei Jasmijn.

'Dat kan niet,' zei haar broer. 'Je hebt nog geen C-diploma.'

Jasmijn begon te pruilen. 'Dat is niet eerlijk!'

Sanne, Glenn en Bram besteedden geen aandacht meer aan haar. Ze reden weg. Jasmijn keek hen boos na.

'Denk je dat ze erin is getrapt?' vroeg Sanne toen ze de straat uit waren.

'Ik durf te wedden van wel,' zei Bram. Hij kende zijn zusje.

'En toch snap ik het niet helemaal,' zei Sanne.

'Zo moeilijk is het toch niet?' vroeg Glenn. 'Vlaar en mijn moeder hadden hun code allang veranderd.'

Bram knikte. 'Ja, en aan het belletje kon Glenns moeder horen dat wij het waren die voor de deur stonden. Of Jochum.'

'Vlaar heeft een andere code met een ander geluidje.'

Sanne keek hem beledigd aan. 'Ja... dát begrijp ik wel! Ik snap alleen niet wie die vrouw is. En hoe ze wist dat ze Jasmijn moest hebben. Eerst een inbreker, nu weer een vrouw.'

'De vrouw van de inbreker?' zei Glenn nadenkend.

Sanne snoof. 'Vrouwen kunnen ook zelf inbrekers zijn hoor!'

In het witte gebouw was Glenns moeder tegen Vlaars bevel in, nog steeds druk bezig. Op het grote scherm stonden nu geen cijfers, maar letters. Letters die woorden maakten. Woorden die samen zinnen waren en die een verhaal vertelden.

Onnoval kijkt verbaasd om zich heen. Hoe is dit mogelijk, denkt hij? Waar is de Griezelbus gebleven?
Ver weg, in de Andere Werkelijkheid, klinkt een woedende brul. Ferluci smijt zijn sigaartje weg. 'Ditmaal ontkom je me, maar je bent nog niet van me af!'

De tekst knipperde en verdween van het scherm. Glenns moeder schoof haar stoel een stukje achteruit en haalde het cd'tje uit de brander. Er stond een tevreden lach op haar gezicht.

Toen de kinderen bij De Punt kwamen, stond Vlaar hen al op te wachten. Hij opende de poort. Met z'n allen liepen ze naar het witte gebouw.

'Zou het allemaal lukken?' vroeg Glenn.

'Daar moeten we van uitgaan,' zei Vlaar.

Bram keek Vlaar vragend aan. 'We hadden toch ook naar de politie kunnen gaan?'

'Ik bén politie,' zei Vlaar kortaf. 'Geheime. Het is de bedoeling dat dat zo blijft. De gewone politie mag beslist niet weten dat de geheime dienst in dit park bezig is.'

'En wij dan?' wilde Glenn weten. 'Als wij nou wat verklappen?'

Vlaar schudde zijn hoofd. 'Jullie houden je mond wel. Je wilt je moeder toch nog lang bij je thuis hebben?'

Glenn hield geschrokken zijn mond. Ze kwamen bij het witte gebouw. Vlaar tikte een code in. Het was inderdaad een andere code dan de kinderen steeds hadden gebruikt. Glenns moeder deed open.

'Is het allemaal goed gegaan met Jasmijn?' vroeg ze toen ze binnen waren.

'Ik weet zeker dat ze de code verklapt,' zei Bram.

'Dan is het nu een kwestie van afwachten,' zei Glenns moeder.

Sanne liep naar de werktafel. 'En mijn *Griezelbus*?' zei ze aarzelend.

Vlaar keek haar geërgerd aan. 'We hebben het nu over belángrijke dingen, meisje. Luister. Ik ga jullie vertellen wat jullie dadelijk moeten doen.'

Jasmijn had braaf op haar fietsje zitten wachten. Toen de mevrouw in de zomerjurk de straat in kwam, zwaaide ze vrolijk en fietste naar haar toe.

'En? Hebben je broer en zijn vriendjes je weer alleen gelaten?' vroeg de mevrouw lief.

'Ze zijn naar het zwembad,' zei Jasmijn.

De mevrouw in de zomerjurk glimlachte tevreden. 'Dus niet naar dat witte gebouw?'

Jasmijn schudde haar hoofd.

'Dus er is nu helemaal niemand daar?' vroeg de mevrouw.

'Alleen de mama van Glenn,' zei Jasmijn.

'Aha... nou dat is goed om te weten. Zullen wij samen dan iets leuks doen? Ik ga met jou naar dat gebouw waar je zo graag eens wilt kijken. Dan vragen we aan Glenns moeder of we naar binnen mogen.'

'Jaah! Dat doen we. Lekker puh voor Bram,' zei Jasmijn stralend.

'Hoe zat het ook alweer? Je moest cijfers intikken, hè?' vroeg de mevrouw.

'Ja.' Jasmijn keek haar trots aan. 'En ik weet hoe vaak je de knopjes in moet drukken. Eigenlijk is dat een geheimpje.'

'Verklap eens?'

In het witte gebouw keek Sanne Vlaar smekend aan. 'Kan ik toch niet stiekem proberen om nog even...'

'Luister,' zei Vlaar streng. 'We zijn hier niet om een verdwenen verhaal te zoeken. We zijn hier om een inbreker te arresteren.'

Glenns moeder legde een hand op Sannes schouder. 'Ik kan er ook niets aan doen, Sanne.'

Jochum kwam met zijn brommer de schuur uit. Hij zag Jasmijn op de stoeprand naast haar fiets zitten.

Met zijn brommer aan zijn hand liep hij naar haar toe. 'Wat doe jij daar nou?'

'Ik wacht,' zei Jasmijn.

'O?'

'Er zou een aardige mevrouw iets leuks met me gaan doen. Maar het duurt heel lang voor ze terug is,' zei Jasmijn droevig.

'Waar zijn Bram en de anderen heen?' vroeg Jochum. Hij kende het antwoord natuurlijk wel, maar dat hoefde Jasmijn niet te weten.

'Zwembad,' zei Jasmijn kortaf.

'Fijn bedacht,' mompelde Jochum. En hardop zei hij: 'Nou, veel plezier met wachten.'

Hij startte zijn brommer en reed weg. Jasmijn legde haar hoofd in haar handen. Ze bleef zitten wachten.

In het witte gebouw legde Vlaar zijn plan uit. 'We hebben de dingen gevonden die we zochten,' zei hij.

Ik niet, dacht Sanne, maar ze zei niets.

'Dan kunnen we toch gewoon naar huis?' zei Glenn. 'Dan maakt het toch niet uit dat iemand binnen probeert te komen?'

Vlaar schudde zijn hoofd. 'Was het maar zo. Kijk jullie hebben het Einde van Internet toevállig gevonden omdat jouw moeder hier bezig was.'

'Nou toevallig...' mompelde Glenn.

'Ja. Jij hebt gewoon geluk gehad. Dat kan gebeuren bij één persoon. Maar bij twee personen? Nee, dat is niet logisch.'

'Die inbreker heeft ons op een of andere manier

gevonden,' vulde Glenns moeder aan.

'Ja,' zei Vlaar. 'En dat zou niet moeten kunnen. Dit gebouw is helemaal afgesloten. Je kunt hier zelfs niet mobiel bellen. We willen weten wie die inbreker is.'

Glenns moeder maakte een gebaar naar het scherm. 'En hoe hij het Einde van Internet heeft gevonden.'

'We laten hem nu in de val lopen,' zei Vlaar. 'Ik heb het hek niet voor niets kapot gelaten. Ik wil dat hij makkelijk het terrein op kan. Die inbrekersspullen heb ik daarom een paar dagen terug ook weer op hun oude plek gelegd.'

De drie kinderen keken elkaar aan. Wat een hoop moeite om iemand te pakken te krijgen.

Vlaar liep naar de deur. 'Ik vertrek nu. Ik zal zorgen dat ik heel goed te zien ben voor onze inbrekende vriend.'

Hij liep de groene deur uit en sloot hem zorgvuldig. Boven het bedrijvenpark scheen de zon. Er vlogen vogels, schaduwen dansten, insecten zoemden. En toch klopte er iets niet. Het was of sommige schaduwen niet helemaal gewoon waren. Een enorme zwarte schaduw gleed van gebouw naar gebouw. Zachtjes, soepel. De schaduw dook weg toen Vlaar om een hoek verscheen. Net op tijd, Vlaar leek niets te zien.

Toen Jochum thuiskwam, was de eerste die hij zag Jasmijn. Ze zat nog steeds op de stoep. Haar fiets lag nog steeds naast haar. Maar vrolijk was Jasmijn allang niet meer. Ze zat erbij alsof ze verdwaald was en nooit meer thuis zou komen.

Hij remde. De motor van zijn brommer pruttelde.

'Zit je nou nog steeds te wachten?'

'Ja! Het is stom!' riep Jasmijn. Ze kreeg tranen in haar ogen. 'En die vrouw is ook stom!'

'Ja, die blijft wel héél lang weg,' vond Jochum.

'We zouden iets leuks gaan doen... Jij gaat zeker wél dat witte gebouw in,' zei Jasmijn verdrietig.

'Nee hoor, vandaag niet,' zei Jochum troostend. 'Weet je wat? Je mag bij mij een game op mijn computer doen.'

'Maar als die mevrouw nou komt?' zei Jasmijn, nog steeds twijfelend.

De donkere gedaante loerde tussen de struiken. Vlaar verdween in zijn hokje. Zodra de deur dicht was kwam de gedaante overeind. Soepel en snel verdween ze naar het witte gebouw.

Daar waren Sanne, Bram, Glenn en zijn moeder in een rare bui.

Het leek allemaal spannend. Een inbreker vangen was een avontuur. Maar was het ook leuk? In films en boeken wel. Maar in het echt...?

Glenn merkte dat ze alle vier stonden te luisteren. Ze wachtten op een geluid.

'Zou het lang duren voor hij komt?' fluisterde hij.

'Dat weten we niet. Maar zodra er wordt gebeld, weten jullie het, hè?' zei zijn moeder.

Ze knikten allemaal.

'Vindt u het niet eng?' vroeg Bram. Hij vond het zelf wel eng.

'Het kan ook Jochum zijn die aanbelt,' zei Sanne hoopvol. Ze hoopte dat haar grote broer kwam. Dat zou haar een veilig gevoel geven.

Maar Glenns moeder gaf haar geen hoop. 'Nee, daarom hebben we Jochum juist verboden vandaag te komen. Als iemand aanbelt, is het die inbreker.'

'Met Jasmijn... misschien.' Bram kreeg een brok in zijn keel.

'Dat maakt voor het plan niet uit,' zei Glenns moeder. 'Je hoeft je om je zusje geen zorgen te maken. Echt niet.'

Er klonk een bel. Iedereen verstijfde.

Glenns moeder was de eerste die weer bij haar positieven kwam. Ze legde haar vinger op haar lippen en liep de gang in.

Daarna ging het razendsnel. Glenns moeder opende de buitendeur. Een hand met een zwarte handschoen schoot naar binnen. Glenns moeder werd bij haar pols gegrepen.

De donkere gedaante rukte haar naar buiten. Daarna schoot ze als een donkere schicht naar binnen en trok de deur dicht. Het ging zó snel, dat Glenns moeder niet eens tijd had om een kreet te slaken. Ze stond buiten voor ze het wist. De groene deur ging met een doffe bons dicht. Ze was buitengesloten.

Binnen, in de gang, bleef de zwarte gedaante even staan om op adem te komen.

Daarna schoof ze de sloten op de deur. Het was stil in het gebouw, doodstil. De gedaante grijnsde onder het zwarte masker. Goed gegokt. Het kleine meisje had de waarheid gesproken. Alleen die ene vrouw was in het gebouw geweest. Die vrouw stond nu buiten. De deur was op slot. Niemand kon binnenkomen. De gedaante haastte zich het gangetje door.

Buiten veegde Glenns moeder haar haren uit haar gezicht. Ze had dit verwacht, maar was toch geschrokken. Haar wangen waren vuurrood.

Vlaar kwam achter een muurtje vandaan. Hij knikte tevreden.

De donkere gedaante stond intussen op de drempel. Ze keek roerloos naar het enorme scherm. Haar ogen waren niet te zien, het hele gezicht was verborgen achter de inbrekersmuts. Maar aan haar houding wist je dat ze haar ogen uitkeek. Langzaam deed de gedaante een paar stappen naar binnen. Ze keek naar de kast met lichtjes. Nog een paar stappen naar binnen. Dat er achter de deur drie kinderen verborgen stonden, zag ze niet. Ze had alleen aandacht voor het enorme scherm. Alsof ze haar ogen niet geloofde.

Glenn stak drie vingers op. Hij telde zonder geluid af. Drie, twee, één...

Op zijn tenen schoot hij om de deur heen, het gangetje in, naar de voordeur. Hij probeerde het slot open te krijgen. De zware ijzeren staven moesten opzij. Het ging niet.

We hadden moeten oefenen! dacht Glenn in paniek. Zijn handen werden klam. Zweet kwam op zijn voorhoofd.

Natuurlijk had de zwarte gedaante de beweging gemerkt. Ze deed niet meteen iets. Waarschijnlijk was ze te verbaasd. Ze had tenslotte gedacht dat ze alleen binnen was.

Maar nu kwam de gedaante in actie. Ze schoot op Glenn af.

Sanne en Bram sprongen tevoorschijn. Ze versperden haar de weg.

Het werkte niet. Twee kinderen en één volwassene geeft geen eerlijk gevecht. De gedaante schoof hen hardhandig opzij. Ze dook de gang door en trok Glenn weg van de deur.

Bram en Sanne zagen het gebeuren. Ze keken elkaar even aan. Toen stortten ze zich op de donkere gedaante. In het smalle gangetje was het opeens een chaos van armen en benen. Sanne hing om de nek van de gedaante. Bram probeerde de donkere gedaante pootje te lichten. Glenn was bezig met het slot.

Hoe lang duurde het allemaal? Net zo lang als een ritje in de achtbaan misschien. Een paar minuten. Maar het leek een eeuwigheid.

Eindelijk schoven de schuiven van het slot opzij. De groene deur draaide open.

Vlaar stormde naar binnen en toen was het gevecht snel voorbij. Tegen Vlaar had de donkere gedaante geen kans.

Met een woeste ruk trok Vlaar de inbrekersmuts omhoog. Er kwam een gezicht tevoorschijn. Een vrouwengezicht.

Woedend keken Vlaar en de vrouw in het zwarte inbrekerspak elkaar aan.

Glenns moeder was ook binnengekomen. Ze bekeek de vrouw verbaasd. Alsof ze hardop wilde zeggen: een vrouw!

Vlaar had de inbreekster stevig in de houdgreep. 'Prima werk geleverd iedereen. Bedankt allemaal. Sluit u af, mevrouw Burke?' Hij duwde de inbreekster naar buiten.

Het duurde een poosje voor iedereen weer was gekalmeerd. Glenns hart had gebonkt als een hamertje. Langzaam werd het rustiger. Op het bedrijvenpark floten de vogels weer. Glenn keek naar buiten waar Vlaar en de vrouw waren verdwenen.

'Wat zou er met haar gebeuren?'

'Geen leuke dingen,' zei zijn moeder. 'Ik denk dat de geheime dienst haar eerst gaat uithoren. Ze willen natuurlijk precies weten wie ze is en wat ze van plan was.'

'En krijgen wij dat dan ook te horen?' vroeg Sanne.

'Ik weet het niet, jongens. Maar goed, jullie hebben gehoord wat Vlaar zei. Ik moet afsluiten. Gaan jullie maar alvast naar huis.'

Sanne keek haar smekend aan. 'Mag ik nog niet héél even zoeken naar *De Griezelbus*?'

'Ik ben bang dat dat niet meer kan, Sanne. De zaak gaat dicht.'

'Bedoel je voorgoed?' vroeg Glenn ongelovig.

'Ja,' zei zijn moeder. 'Voorgoed.'

'Dus...' begon Bram.

'Moeten jullie nu naar huis. Ik kom zo. Zullen we over een uurtje bij ons afspreken?'

De kinderen keken elkaar aan. Het was duidelijk serieus. Ze sjokten naar het gat in het hek en glipten door het gaas.

'Maar we hebben wel een inbreker gevangen,' zei Glenn. Hij probeerde Sanne en Bram op te vrolijken. Dat lukte niet erg.

'Ja...' zei Sanne alsof het haar niets kon schelen.

Ook Bram probeerde iets troostends te zeggen. 'Oké, je hebt het boek niet helemáál. Maar Paul van Loon is vast blij met wat je hebt teruggevonden.'

'Ja!' zei Glenn enthousiast. 'Dat is beter dan helemaal niets.'

Sanne gaf geen antwoord. Maar wat ze dacht kon je op haar gezicht lezen.

Ze fietsten naar huis. Langzaam, alsof ze geen puf meer hadden.

Het fietsje van Jasmijn lag op de stoep voor Sannes huis.

Ze liepen naar binnen. Jochum en Jasmijn deden een spelletje op de computer.

Toen ze het hele verhaal hadden verteld, zag Jasmijn

groen van jaloezie. Ze begreep niet dat haar broer en de anderen niet trots en opgewonden waren. Een inbreker vangen, wat een avontuur!

Er klonk een pingeltje. Jochum keek naar het scherm. Onderin knipperde een envelopje. Hij klikte hem aan en het mailprogramma ging open.

'Voor jou,' zei hij tegen Sanne. 'Mail van... van je held!'

Beste Sanne,

Dank je wel voor je mailtje. Ik weet niet wat je precies bedoelt met dat je mijn Griezelbus 10 *hebt teruggevonden. Maar ik wil er graag meer over weten.*

Hartelijke groet, Paul van Loon

Ademloos keek Sanne naar het scherm. Een mailtje, een écht mailtje van Paul van Loon. Maar wat moest ze nu terugschrijven?

9

Ze zaten bij Glenn in de huiskamer. Glenns moeder was langer weg dan het afgesproken uur.

Sanne keek zwijgend voor zich uit.

'Wat heb jij?' vroeg Jochum.

'Drie keer raden,' zei Sanne somber.

'Dat stomme boek,' verzuchtte Jochum.

Sanne keek hem woest aan. 'Stomme boek? Jouw stomme levels zal je bedoelen! Jíj hebt tenminste wat je hebben wilde. Ik had het hele boek willen terugbrengen!'

'Stuur een mailtje dat het je spijt,' zei Glenn voorzichtig.

Sanne haalde haar neus op. 'Durf ik niet... Doe ik niet...'

'Zal ik het voor je doen? Ik neem de schuld wel op me,' bood Glenn stoer aan.

Op dat moment hoorden ze buiten geluid. Iedereen keek op en even later kwam Glenns moeder binnen. Ze bleef op de drempel staan en keek iedereen even aan. Iedereen keek terug. Een hele kamer vol vragende gezichten.

Glenns moeder ging op de bank zitten. 'Nou, jongens. Er is veel duidelijk geworden. Het raadsel is opgelost. Vlaar heeft die dame in het zwart snel aan de praat gekregen.'

'Wie is het?' vroeg Bram.

'Wat wilde ze?' vroeg Glenn.

'Jochum kent haar,' zei Glenns moeder.

'Ik?' Jochums stem schoot van verbazing omhoog.

'Ja. Jij hebt ons voor haar gewaarschuwd.'

Jochum was even stil. Toen begonnen zijn ogen te glimmen. 'Het was Zilla, hè? Die inbreekster was Zilla!'

De andere kinderen keken hem wazig aan. 'Dat computerprogramma waar ik voor waarschuwde,' legde Jochum uit. 'Gatorzilla. Dat is gebouwd door een gevaarlijke hacker die zich Zilla noemt.'

'Juist,' zei Glenns moeder, 'en zij was de schuld van alles.'

'Wat is alles?' vroeg Jasmijn.

'De stroomstoringen waar dit allemaal mee begon. Waar harde schijven door gewist werden. Zilla's schuld.'

'Hoe kun je de stroom nou laten uitvallen?' vroeg Sanne.

Jochum was Glenns moeder voor. 'Door een computervirus! Ik weet het! Dat was dat halve programma dat ik vond!'

'Ja,' zei Glenns moeder. 'Gatorzilla was een soort diefstalprogramma. Zilla had het gebouwd om geld mee te verdienen. Ze wilde het naar de computers van stroombedrijven sturen.'

Glenn begon het ingewikkeld te vinden. 'Maar waarom dan?'

'Ik snap het. Afpersing!' zei Jochum. 'Geef me geld of ik laat de stroom uitvallen. En ik wis ook nog jullie harde schijven. Zoiets.'

'Ja, dat was het plan. Jongens, we gaan eerst eten. Ik ben helemaal slap van de honger!'

Er werden pizza's besteld. Bram, Jasmijn en Sanne gingen naar huis om te vertellen dat ze bij Glenn mochten eten.

Een halfuurtje later zat iedereen met een bord op schoot. Op de tafel stonden een berg dozen en twee flessen cola.

'Maar waarom kwam Zilla dan inbreken?' vroeg Bram met een mond vol pizza.

'Omdat er iets misging,' zei Glenns moeder. 'Er zat een fout in het programma. Toen Zilla het wilde versturen, wiste Gatorzilla ook haar eigen schijf.'

'Wat een sukkel!' verzuchtte Jochum. 'Hoe heet dat ook alweer? Een koekje van eigen deeg. Ze was haar eigen programma kwijt!'

'Ja, maar dan snap ik het óók niet,' zei Glenn. 'Waarom kwam ze dan inbreken?'

'Om haar programma terug te halen,' zei zijn moeder.

Jochum schudde zijn hoofd. 'Oei, dat is wel heel slordig.'

'Van Zilla?'

'Nee,' zei Jochum. 'Van jullie! Zilla kon dus zien waar haar programma was gebleven.'

Glenns moeder knikte bedachtzaam. Daar had ze nog niet bij stilgestaan. 'Ja, je hebt gelijk... Eerst probeerde ze in te breken in het gebouw. Daarna probeerde ze het Einde van Internet te hacken. Met dat wormvirus.'

'En toen probeerde ze Jasmijn over te halen!' zei Bram.

Jasmijn keek hem verbaasd aan.

'Die mevrouw,' zei Bram. 'Die mevrouw die je mee naar de snackbar nam. Je hebt haar alles verklapt.'

Jasmijn kreeg een kleur. Ze nam snel een hap van haar pizzapunt.

'Ja, dat klopt,' zei Glenns moeder. 'Vlaar besloot dat we haar in de val moesten laten lopen.'

'En dat lukte met die belcode,' zei Glenn.

'Maar dit is dus het einde van het Einde van Internet?' vroeg Jochum.

'Jazeker. De regering heeft een lesje geleerd. De volgende keer moet het nog véél geheimer.'

'Ben jij nou ontslagen?' vroeg Glenn. Hij wist niet of hij blij moest zijn, of teleurgesteld.

'Ja... Ze hebben mij niet meer nodig.' Zijn moeder klonk in elk geval níét teleurgesteld.

'En nu is de rest van *De Griezelbus 10* voorgoed zoek...' besloot Sanne.

Glenns moeder graaide naar haar tas, die naast de bank stond. 'Nou... Ik heb een verrassing voor je.' Ze haalde een schijfje tevoorschijn. 'Ik heb toch nog maar even voor je gezocht. Dat kan ik tenslotte sneller dan wie ook. Alsjeblieft. *De Griezelbus 10*. Compleet.'

Sanne kon niets anders uitbrengen dan een ademloos 'Wauw!'

Geen aandacht meer voor pizza's of cola. Ze waren op slag hun honger en dorst vergeten.

Op Glenns pc verstuurden ze een berichtje:

Beste Paul van Loon,

Ik heb uw hele Griezelbus 10 *teruggevonden. Komt u hem ophalen of moeten we hem naar u brengen?*

Groetjes van Sanne

Met een muisklik was het mailtje verstuurd.

Het antwoord kwam die avond niet meer. Maar de volgende ochtend kwam Sanne juichend naar buiten. 'We mogen morgen al bij hem op visite!'

Bram en Glenn wisten direct over wie ze het had.

Ze slaakten een strijdkreet. Op bezoek bij Paul van Loon!

'Hé, we mogen toch wel mee, hè?' vroeg Glenn voor de zekerheid.

Jasmijn was verbaasd om al die vrolijkheid. 'Waar gaan jullie heen? Ik wil óók mee!'

'We vertellen jou niks meer. Jij verklapt het toch maar.'

Erg aardig was het niet, dus hij durfde de anderen niet aan te kijken.

'Nou, dan mogen jullie ook niet met mij mee. Als die aardige mevrouw weer komt, ga ik lekker alleen met haar naar de snackbar.'

Sanne schudde haar hoofd. Jasmijn had geen idee wat er allemaal was gebeurd. Ze had ook geen idee dat een heleboel ervan haar schuld was. Kon je het haar kwalijk nemen? Ze was nog maar klein.

'Vergeet het maar,' zei Bram. 'Die komt echt niet meer, hoor!'

'Ik ben wel benieuwd wat Vlaar met haar gaat doen...' zei Glenn.

'Ik denk honderd jaar gevangenisstraf,' zei Sanne streng.

'Of ze nemen haar in dienst,' zei Bram voorzichtig. 'Want ze heeft natuurlijk wel bewezen dat ze héél goed is.'

Niemand wilde daarover nadenken. Misdaad hoorde niet beloond te worden.

De volgende middag werden ze door Glenns moeder naar het huis van de schrijver gebracht. Hij woonde niet eens zo ver weg. Daar hadden ze nooit bij stilgestaan.

Waar woonde een schrijver? In een paleis? Op een landgoed?

Het was een gewoon huis in een gewone buurt. Glenns moeder reed stapvoets door de straten en zocht naar de naambordjes.

'Wil jij een dropje?' Glenn hield Sanne een zak drop

voor. Sanne grabbelde en liet het dropje vallen. Ze bukte haastig.

'Zenuwachtig?' grinnikte Bram.

'Heus niet,' zei Sanne en ze kwam met een rood hoofd overeind.

'Misschien is hij niet thuis. Is hij het vergeten,' zei Bram plagerig.

'Hou op, hoor!'

Glenns moeder tuurde naar buiten, naar een bordje op een lantaarnpaal. 'Dit is de Donkere Weg. Dan kan de Middernachtlaan niet ver weg meer zijn. We zijn er bijna.'

'Nummer vijf!' zei Sanne.

Glenns moeder lachte. 'Hoe zou ik het kunnen vergeten.' Ze reden nog twee kruisingen over en kwamen in een rustige straat. Glenns moeder parkeerde aan het begin van de straat. De kinderen keken opgewonden naar buiten.

'Nou, het ziet er gelukkig niet uit als een spookhuis,' zei Glenn.

'Zijn we wel op tijd?' vroeg Sanne nerveus.

'We zijn zelfs te vroeg,' zei Glenns moeder.

'Doen vampiers wel open overdag?' vroeg Glenn. Hij kon het niet laten.

'Glé-hen!' Sanne keek hem kwaad aan.

'Nou, jongens...' zei Glenns moeder. 'Hier is het. Ik blijf hier wel op jullie wachten.' Ze remde bij de stoeprand.

De kinderen openden het achterportier en stapten uit. Op de stoep bleven ze even twijfelend wachten. Toen stak Sanne over. Glenn en Bram gingen haar achterna. De straat over, het tuinpad van een wit huis op.

De schrijver nam de tijd. Toen de kinderen eindelijk weer op de stoep verschenen, had Glenns moeder een half boek gelezen.

Ze straalden alle drie, alsof ze bij Sinterklaas waren geweest.

Ze buitelden over elkaar de auto in.

'Kijk!' riep Glenn. Hij hield een boek omhoog. 'Met handtekening!'

'En ik heb er vijf!' riep Sanne. 'Omdat ik het echte werk heb gedaan.'

'Hij was hartstikke aardig,' zei Bram. Zijn been zat klem onder dat van Glenn.

'En hartstikke blij!' zei Sanne. 'Hij vond me echt een held.'

De hele tocht naar huis hadden ze het over hun bezoek. Ze vertelden alles wel vier keer. Het was alsof ze het pas geloofden als ze het heel vaak vertelden. Terwijl ze het zelf hadden meegemaakt. En de boeken met handtekeningen waren het bewijs.

'Dus over een poosje kun jij eindelijk *De Griezelbus 10* lezen?' vroeg Glenns moeder.

'Ja. Over ongeveer een halfjaar,' zei Sanne. Wat ze niet vertelde, was dat ze het schijfje met het boek had gekopieerd. Het stond op haar harde schijf. Niks een halfjaar wachten. Zij was de eerste die *De Griezelbus 10* zou lezen.

Maandagochtend. De klas keek weer naar het School-TV-weekjournaal.

'Het raadsel van de stroomstoringen is eindelijk opgelost,' zei de presentator. 'Een fout in de computers van de elektriciteitsbedrijven zorgde volgens de regering voor het uitvallen van de stroom.'

Sanne, Bram en Glenn keken elkaar aan. Ze grijnsden.

'Het was toeval dat ook computers stukgingen. De verhalen van computerhackers die computers vernielden, kloppen niet,' ging de presentator verder. 'En dan nog een leuk nieuwtje: Paul van Loon heeft zijn *Griezelbus 10* terug. Dat heeft zijn uitgeverij op de site laten weten. Hoe het precies in elkaar zit is een raadsel, maar de fans zullen er blij mee zijn.'

Toen het journaal afgelopen was, stak Sanne meteen haar vinger op. 'Wij weten hoe dat raadsel in elkaar zit!'

Bram sprak al voor hij de beurt had. 'Wij hebben *De Griezelbus 10* aan Paul van Loon teruggebracht.'

De kinderen in de klas mompelden. Er werd spottend gegrinnikt. Het was duidelijk dat niemand dit verhaal geloofde.

De juf wachtte tot het stil was. 'Nou, dat moet je dan maar vertellen, Sanne.'

Sanne begon. 'Er is toch een leeg bedrijvenpark aan de rand van het dorp? Nou, daar staat een gebouw met een heel bijzondere computer...'

Ze hadden het kunnen weten. De hele klas wilde het met eigen ogen zien. Om halfvier reed de klas in een stoet naar bedrijvenpark De Punt.

Maar wat was daar gebeurd? Het hek, dat een paar dagen geleden nog stevig was geweest, hing nu scheef in zijn scharnieren. Geen hangslot, geen ketting. Ze konden zomaar naar binnen.

De kinderen smeten hun fietsen neer en bleven op een kluitje bij het hokje van Vlaar staan. Ze geloofden Sannes verhaal dan misschien niet, maar je kon nooit weten. Glenn was de dapperste. Hij liep naar het portiersgebouwtje en klopte aan. Toen er niets gebeurde, morrelde hij aan de deurknop. De deur zwaaide bijna vanzelf open. Het hokje was leeg. Helemaal leeg.

Sanne, Bram en Glenn keken elkaar aan. Was dit een teken? Een voorteken? En als dat zo was, zou het dan goed of slecht zijn?

De klas had geen geduld om lang te wachten.

'Welke kant op?' werd er geroepen. 'Hé, kom op, hier is niks te zien. Laten we gaan.'

Met Sanne, Bram en Glenn voorop, gingen ze in optocht naar het witte gebouw. Het was gedaan met de rust op het bedrijvenpark. De stemmen van kinderen klaterden door de lucht. Kinderen verdwenen in lege gebou-

wen en kwamen weer naar buiten. Er werd gegild, ge-
schreeuwd en gelachen. De meeste kinderen waren nog
nooit op De Punt geweest. Ze ontdekten nu pas dat ze
een soort avonturenpark in hun dorp hadden.

Glenn, Bram en Sanne bemoeiden zich nergens mee.
Ze zochten de kortste weg. Toen het witte gebouw in
zicht kwam, bleven ze alle drie tegelijk staan.

Het gebouw was niet wit meer. De groene deur was
weg. Ook het elektriciteitskastje stond er niet meer. De
ramen met hun stevige ruiten waren rafelige gaten. Al het
glas was ingegooid.

Andere kinderen bleven ook staan en keken mee. In
dit gebouw stond geen supergeheime computer. Hier was
niks. Dat zag je zo.

'Ik geloofde er al niks van,' zei iemand.

'Ja maar, maar...' Glenn kwam bijna niet uit zijn woorden. 'Maar het was hier echt...'

'Hoe komen we anders aan die boeken met handtekeningen?' zei Sanne fel.

'Kom mee!' riep Bram en hij holde naar het gebouw.

Binnen was het een bende. Hopen vuil, onderdelen
van machines. Geen kast met lichtjes, géén reusachtig
scherm. Een stapel planken in een hoek, een openge-
scheurde zak met keihard geworden cement. In het dak
zaten gaten.

Op een van de muren was iemand met een spuitbus bezig geweest. In grote uitgelopen letters stond er VLAAR
ZIET JE!

'Kijk! Vlaar! Dat was de bewaker. De baas van mijn moeder,' zei Glenn.

'Zie je nou dat het wel waar is!' riep Bram.

Een meisje zei smalend: 'Jullie zijn hier gewoon wezen spelen. En toen heb je dit op de muur gelezen.'

'Ja,' zei een ander meisje. 'En je kunt gesigneerde boeken van Paul van Loon trouwens ook kopen. Er is hier niks!'

De twee holden naar buiten. Ook andere kinderen van de klas gingen weer weg. Buiten was het interessanter dan hier. Glenn, Bram en Sanne hadden een verhaal verzonnen. De hele klas wist het zeker. Niemand zou ze ooit nog geloven.

Glenn, Bram en Sanne fietsten met z'n drieën naar huis. Ze hadden de rest van de klas op De Punt achtergelaten. Wat moesten ze er nog? Alle sporen van hun avontuur waren uitgewist. Er was maar één persoon die hun kon vertellen hoe het zat.

Glenns moeder stond op een trapje. Ze zeemde de ramen.

'Alles is weg!' riep Glenn naar haar.

'Ja, glanzend schoon. Geen vogelpoepje meer te zien,' zei zijn moeder tevreden.

'Nee, op het bedrijvenpark,' zei Glenn ongeduldig.

Zijn moeder kwam omlaag en liep naar hen toe. 'Wat moesten jullie daar dan? Dat terrein staat al jaren leeg. Dat is verboden gebied.'

De kinderen keken elkaar stomverbaasd aan.

'Maháám! Doe nou normaal! Niemand gelooft ons als we vertellen over het Einde van Internet.'

Zijn moeder grinnikte. 'Jongens, het internet hééft helemaal geen einde. Dat kán toch ook helemaal niet?'

Wanhopig gooide Glenn zijn handen omhoog.

Het was avond. Sanne zat achter de pc van haar broer.
Ze schoof met de muis over het beeldscherm. De printer
zoemde. Het ene na het andere blaadje kwam op de sta-
pel terecht. De Griezelbus 10...

Terwijl de printer bezig was, surfde ze wat op internet.
Ze had het als grapje ingetikt: Einde van Internet.
Tot haar verbazing bestond die pagina echt.

Het beeld knipperde een paar keer toen de site werd
geladen. Toen was er een witte pagina te zien. Er stonden
vier regeltjes op.

Dit is het einde van internet. Je kunt nu nergens meer
heen. Ga dus maar wat nuttigs doen. Lees een boek of
zo!

Toen ze weer weg wilde van de pagina, reageerde de
muis niet. Het toetsenbord deed ook niets meer. De prin-
ter stopte. De computer was dood.